FUIR

DU MÊME AUTEUR

☆*m*

LA SALLE DE BAIN, *roman, 1985*
MONSIEUR, *roman, 1986*
L'APPAREIL-PHOTO, *roman, 1989*
LA RÉTICENCE, *roman, 1991*
LA TÉLÉVISION, *roman, 1997* ("double", n° 19)
AUTOPORTRAIT (À L'ÉTRANGER), *2000*
FAIRE L'AMOUR, *roman, 2002*

JEAN-PHILIPPE TOUSSAINT

FUIR

☆*m*

LES ÉDITIONS DE MINUIT

© 2005 by LES ÉDITIONS DE MINUIT
7, rue Bernard-Palissy, 75006 Paris
www.leseditionsdeminuit.fr

ISBN 2-7073-1927-9

Été

I

Serait-ce jamais fini avec Marie ? L'été précédant notre séparation, j'avais passé quelques semaines à Shanghai, ce n'était pas vraiment un déplacement professionnel, plutôt un voyage d'agrément, même si Marie m'avait confié une sorte de mission (mais je n'ai pas envie d'entrer dans les détails). Le jour de mon arrivée à Shanghai, Zhang Xiangzhi, relation d'affaires de Marie, vint m'accueillir à l'aéroport. Je ne l'avais vu qu'une fois auparavant, à Paris, dans les bureaux de Marie, mais je le reconnus tout de suite, il était en conversation avec un policier en uniforme juste derrière les guérites de contrôle des passeports. Il devait avoir une quarantaine d'années, les joues rondes, les traits empâtés, la peau lisse et cuivrée, et portait des lunettes de soleil très noires qui

11

couvraient le haut de son visage. Nous attendions ma valise en bordure du tapis roulant et nous avions à peine échangé quelques mots en mauvais anglais depuis mon arrivée qu'il m'offrit un téléphone portable. *Present for you*, me dit-il, ce qui me plongea dans une extrême perplexité. Je ne comprenais pas très bien l'urgence qu'il y avait à me doter d'un téléphone portable, un portable d'occasion, assez moche, gris terne, sans emballage ni mode d'emploi. Pour me localiser en permanence, surveiller mes déplacements et me garder à l'œil ? Je ne sais pas. Je le suivais en silence dans les couloirs de l'aéroport, et je ressentais une inquiétude diffuse, encore renforcée par la fatigue du voyage et la tension d'arriver dans une ville inconnue.

Passées les portes en verre coulissantes de l'aéroport, Zhang Xiangzhi fit un bref appel muet de la main et une Mercedes grise flambant neuve vint se garer devant nous au ralenti. Il s'installa au volant, laissant le chauffeur, un jeune type à la présence fluide qui frôlait l'inexistence, monter à l'arrière après avoir rangé ma valise dans le coffre. Assis au volant, Zhang Xiangzhi m'invita à le rejoindre, et je pris place à côté de lui dans un confortable siège à accoudoirs en cuir crème qui puait un peu le neuf, tandis qu'il jouait avec une touche digitale pour régler la climatisation, qui se mit à vibrer doucement dans l'habitacle. Je lui remis l'enveloppe en papier kraft que Marie m'avait confiée pour lui (qui contenait vingt-cinq mille dollars en liquide). Il l'ouvrit, fit glisser le pouce sur le tranchant des coupures pour recompter rapidement les billets et referma l'enveloppe, qu'il rangea dans la poche arrière de son pantalon. Il boucla sa ceinture de sécurité, et nous quittâmes lentement l'aéroport pour prendre l'autoroute en direction de Shanghai. Nous ne disions rien, il ne parlait pas français et très mal anglais. Il portait une chemisette grisâtre à manches courtes, avec une chaînette en or autour du cou et un pendentif en forme de griffe ou de serre de dragon stylisée. Je tenais toujours sur mes genoux le téléphone portable qu'il m'avait offert, je ne savais qu'en faire et je me demandais pourquoi on me l'avait donné (simple cadeau de bienvenue en Chine ?). Je n'ignorais pas que Zhang Xiangzhi menait depuis quelques années des opérations immobilières en Chine pour le compte de Marie, peut-être douteuses et illicites, locations et ventes de baux commerciaux, rachats de surfaces

13

constructibles dans des zones désaffectées, le tout vraisemblablement entaché de corruption et de commissions occultes. Depuis ses premiers succès en Asie, en Corée et au Japon, Marie s'était implantée à Hongkong et à Pékin et avait souhaité acquérir de nouvelles vitrines à Shanghai et dans le Sud du pays, avec des projets déjà bien avancés d'ouvrir des succursales à Shenzen et à Canton. Mais, jusqu'à présent, je n'avais jamais entendu dire que ce Zhang Xiangzhi était lié au crime organisé.

Arrivé à l'hôtel Hansen, où une chambre m'avait été réservée, Zhang Xiangzhi gara la Mercedes dans la cour privée intérieure et alla prendre ma valise dans le coffre pour me guider jusqu'à la réception. Il n'était en rien à l'origine de la réservation de la chambre, qui avait été faite depuis Paris par une agence de voyage (une formule *Escapade* d'une semaine, voyage et hôtel compris, à laquelle j'avais fait ajouter une semaine de séjour supplémentaire pour mon propre agrément), mais il prenait tout en mains et ne me laissait aucune initiative. Il me fit asseoir dans un canapé à l'écart et se présenta seul à la réception pour enregistrer mon arrivée. Je l'attendais près de l'entrée, à côté d'un morne alignement de plantes vertes poussiéreuses qui croupissaient dans des bacs, et je le regardais remplir ma fiche de renseignements d'un œil las. À un moment, il revint vers moi, rapide, soucieux, la main pressée, et me demanda mon passeport. Il retourna à la réception et je me mis à suivre des yeux mon passeport avec inquiétude, le regardant passer de main en main en craignant de le voir soudain escamoté comme dans un tour de bonneteau entre les mains d'un des nombreux employés qui s'activaient derrière le comptoir. Après quelques nouvelles minutes d'attente, Zhang Xiangzhi revint vers moi avec la carte magnétique de ma chambre, rangée dans un petit étui en carton rouge et blanc décoré d'idéogrammes déliés, mais il ne me la donna pas, il la garda à la main. Il empoigna ma valise et m'invita à le suivre, prit le chemin des ascenseurs pour monter dans ma chambre.

C'était un hôtel trois étoiles, propre et calme, nous ne croisâmes personne à l'étage, je suivais Zhang Xiangzhi dans un long couloir désert, un chariot de ménage abandonné encombrait le passage. Zhang Xiangzhi introduisit la carte magnétique dans la serrure et nous entrâmes dans la chambre, très sombre, les rideaux étaient tirés. Je cherchai à allumer la lumière dans le vestibule, mais les balanciers des interrupteurs tournaient à vide. Je voulus allumer la lampe de chevet, mais il n'y avait pas de courant dans la chambre. Zhang Xiangzhi m'indiqua un petit réceptacle fixé au mur près de la porte d'entrée, dans lequel il fallait glisser la carte pour obtenir l'électricité. Il fit glisser lentement la carte dans l'urne, en démonstration, et toutes les lumières s'allumèrent à la fois, aussi bien dans la penderie que dans le cabinet de toilette, un ventilateur se réveilla dans la salle de bain et l'air conditionné se mit bruyamment en route dans la pièce. Zhang Xiangzhi alla ouvrir les rideaux et resta un moment à la fenêtre, pensif, à regarder la Mercedes neuve garée en contrebas dans la cour. Puis, il se retourna. Je crus qu'il allait partir, mais non. Il alla s'asseoir sur un fauteuil, se croisa les jambes et sortit son propre téléphone portable de sa poche, et, sans paraître se préoccuper le moins du monde de ma présence (j'attendais debout dans la chambre, j'étais fatigué par le voyage, j'avais envie de prendre une douche et de m'étendre sur le lit), il se mit à composer un numéro sur le cadran, en suivant à la lettre les instructions d'une carte téléphonique bleutée en équilibre sur sa cuisse, sur laquelle était écrit IP, suivi d'idéogrammes et de chiffres codés. Il recommença à une ou deux reprises, avant d'arriver à ses fins et d'attirer brusquement mon attention d'un grand geste de la main, me faisant venir, accourir à ses côtés, pour me tendre précipitamment l'appareil. Je ne savais quoi dire, ni où parler, ni qui me parlerait, ni en quelle langue, avant d'entendre une voix féminine dire allô, apparemment en français, allô, répétait-elle. Allô, finis-je par dire. Allô, dit-elle. Le quiproquo était complet (je commençais à me sentir mal). Marie ? Les yeux perçants et attentifs levés vers moi, Zhang Xiangzhi m'invitait à entamer la conversation en me disant que c'était Marie au téléphone — Marie, Marie, répétait-il en désignant l'appareil —, et je finis par comprendre qu'il avait composé le numéro de téléphone de Marie à Paris (son numéro au bureau, le seul qui était en sa possession), et que j'étais en communication avec une secrétaire de la maison de couture *Allons-y Allons-o*. Mais je n'avais pas du tout envie de parler à Marie maintenant, surtout en présence de Zhang Xiangzhi. Me sentant de plus en plus mal, je voulus raccrocher, mais je ne

savais sur quelle touche appuyer, comment inter-
rompre la communication, et je lui rendis précipitamment l'appareil, comme un objet incandes-
cent qui me brûlait les doigts. Il replia le volet
du téléphone, le fit claquer sèchement, pensif. Il
reprit la carte téléphonique posée sur sa cuisse,
la tapota contre le dos de sa main comme pour
l'épousseter, et me la tendit à distance sans quitter son fauteuil. *For you,* me dit-il, et il m'expliqua en anglais que, si je voulais téléphoner, je
devais exclusivement me servir de cette carte,
composer le 17910, puis le 2, pour avoir les instructions en anglais (le 1 en mandarin, si ça me
chantait), puis le numéro de la carte, suivi du
code (PIN) 4447, puis le numéro, 00, pour
l'étranger, 33 pour la France, etc. *Understand ?*
dit-il. Je dis que oui, plus ou moins (le principe,
en tout cas, peut-être pas les détails). Si je voulais
téléphoner, il fallait toujours passer par l'intermédiaire de cette carte — toujours, dit-il —, et,
me désignant le vieux téléphone fixe de la chambre d'hôtel posé sur la table de chevet, il me fit
non de la main à distance, avec force, comme un
ordre, un commandement. *No,* dit-il. *Understand ? No. Never. Very expensive,* dit-il, *very very
expensive.*

Dans les jours qui suivirent, Zhang Xiangzhi se contenta de m'appeler une ou deux fois sur le téléphone portable qu'il m'avait offert pour prendre de mes nouvelles et m'inviter à déjeuner. Depuis mon arrivée, je passais la plupart de mes journées seul à Shanghai, je ne faisais pas grand-chose, je ne connaissais personne. Je me promenais dans la ville, je mangeais au hasard, des brochettes de rognons épicées au coin des rues, des bols de nouilles brûlants dans des bouis-bouis bondés, parfois des menus plus élaborés dans des restaurants de grands hôtels, où je consultais longuement la carte dans des salles à manger kitsch et désertes. L'après-midi, je faisais la sieste dans ma chambre, et je ne ressortais qu'à la nuit tombée, quand l'air s'était quelque peu rafraîchi. Je marchais dans la nuit tiède, perdu dans mes pensées, remontais Nanjing Road, indifférent au bruit et à l'animation des boutiques illuminées de néons chamarrés. Mes pas aimantés par le fleuve, je finissais toujours par déboucher sur le Bund, accueilli par son air marin et ses embruns. Je traversais le passage souterrain, et je déambulais lentement le long du fleuve, laissant traîner le regard sur la rangée de vieux bâtiments euro-

19

péens aux toits illuminés qui éclairaient la nuit d'un halo de lumière verte dont les pâleurs d'émeraude se reflétaient en tremblant dans les eaux du Huangpu. Sur l'autre rive, par-delà les flots encrassés de déchets végétaux, boues et algues qui stagnaient dans l'obscurité dans un ressac majestueux en suspension à la surface de l'eau, se lisait dans le ciel comme dans les lignes de la main la ligne futuriste des gratte-ciel de Pudong, avec la boule caractéristique de l'Oriental Pearl, et, plus loin, sur la droite, comme en retrait, modeste et à peine éclairée, la majesté discrète de la tour Jinmao. Accoudé au parapet, pensif, je regardais la surface noire et ondulante du fleuve dans l'obscurité, et je songeais à Marie avec cette mélancolie rêveuse que suscite la pensée de l'amour quand elle est jointe au spectacle des eaux noires dans la nuit.

Était-ce perdu d'avance avec Marie ? Et que pouvais-je en savoir alors ?

Il n'était pas prévu que j'aille à Pékin pendant ce voyage, la décision d'y passer quelques jours avait été prise à l'improviste. Zhang Xiangzhi m'avait téléphoné un soir au pied levé pour me proposer de l'accompagner à un vernissage. L'exposition se tenait à la périphérie de la ville, dans un grand hangar aménagé en espace d'art contemporain, où les artistes présentaient des vidéos mobiles, les projecteurs fixés dans le vide à des tiges métalliques qui se balançaient doucement dans l'obscurité du hangar, les images projetées se diluant sur les murs, se séparant et se décomposant pour se rejoindre et se quitter à nouveau. C'est là que je fis la connaissance de Li Qi. Elle était assise par terre sur le sol en béton, seule dans la pièce, adossée au mur, longs cheveux noirs et veste en cuir crème. J'avais tout de suite remarqué sa présence, mais je ne lui avais adressé la parole que plus tard, à proximité du buffet, vins australiens et bières chinoises en bouteilles disposés en vrac sur une table à tréteaux qui accueillaient des piles de prospectus et des catalogues d'expositions. Elle avait remarqué que je n'étais pas Chinois (sa perspicacité m'avait amusé, et qu'est-ce qui vous fait croire ça ? avais-je dit). Votre sourire, avait-elle dit, votre léger sourire (tout ceci en anglais et sans se départir de ce léger sourire qui nous venait aux lèvres de manière irrépressible depuis que nous nous parlions, qu'un rien déclenchait et que sem-

21

blait nourrir en permanence le plus bénin combustible). Nous avions été nous asseoir sur un banc dans le terrain vague qui jouxtait la galerie avec deux bouteilles de Tsingtao, puis quatre, puis six, puis la nuit, doucement, était tombée, et nous étions toujours ensemble, silhouettes en ombres on ne peut plus chinoises éclairées par intermittence par de mouvants jeux de lumière liquide verte et rouge qui provenaient des projections vidéos mobiles à l'intérieur de la galerie. Des essais de sonorisation avaient lieu dans le hangar, et de brusques bouffées de *metal rock* chinois emplissaient soudain l'air calme de cette soirée d'été en faisant vibrer les vitres et sursauter les sauterelles dans la nuit tiède. On ne s'entendait plus sur le banc et je m'approchai d'elle, mais, plutôt que d'élever la voix pour couvrir la musique, je continuais de lui parler à voix basse en frôlant ses cheveux de mes lèvres, tout près de son oreille, je sentais l'odeur de sa peau, quasiment le contact de sa joue, mais elle se laissait faire, elle ne bougeait pas, elle n'avait rien entrepris pour se soustraire à ma présence — je voyais ses yeux dans le noir qui regardaient au loin en m'écoutant — et je compris que quelque chose de tendre était en train de naître. Elle m'avait

expliqué qu'elle devait se rendre à Pékin le lendemain pour son travail et m'avait proposé de
l'accompagner, je ne pouvais rester qu'une ou
deux nuits, rien ne m'empêchait de revenir dès
le surlendemain à Shanghai, le train de nuit était
confortable et ne coûtait pas très cher — et, de
toute manière, je n'avais rien de particulier à faire
à Shanghai. N'est-ce pas ? J'avais hésité, pas très
longtemps, et je lui avais souri, je l'avais regardée
longuement dans les yeux en m'interrogeant sur
la nature exacte de cette proposition et de ses
éventuels, implicites et déjà délicieux, sous-enten-
dus amoureux.

Le jour du départ, j'avais quitté l'hôtel en début
de soirée. Je n'avais pas pris de bagage, seulement
un sac à dos, qui contenait quelques affaires de
toilette, ainsi que le téléphone portable qu'on
m'avait offert et qui ne sonnait jamais (mais personne n'avait le numéro à l'exception de Zhang
Xiangzhi et de Marie). Comme j'avais du temps
devant moi, plutôt que de prendre un taxi, je
m'étais rendu à la gare en autobus, et je regardais
par la vitre les rues de Shanghai disparaître dans
la pénombre orangée du couchant.

Nous nous étions donné rendez-vous avec Li Qi devant la gare de Shanghai, autant dire en Chine. Des milliers de personnes se pressaient là sur l'esplanade, qui prenaient la direction des bouches de métro ou de la gare routière, entraient et sortaient de la structure de verre illuminée de la gare, tandis que, à l'extérieur, des centaines de voyageurs étaient massés par terre dans la pénombre le long des parois transparentes, assis et désœuvrés, quelque chose de borné et de noir dans le visage, paysans et saisonniers qui venaient d'arriver ou qui attendaient un train de nuit avec des quantités de valises et de sacs à leurs pieds, élimés, mal fermés, mal ficelés, caisses et cartons entrouverts, sacs en jute affaissés, baluchons, fourniments, parfois de simples bâches mal nouées desquelles dépassaient des réchauds et des casseroles. Tout en cherchant Li Qi des yeux dans l'air lourd qui empestait le vêtement sale, je me sentais l'objet de chuchotements furtifs et de regards en coin. Une vieille mendiante restait à côté de moi sans bouger, une large béquille en bois sous l'aisselle, le regard buté, voûtée et la main tendue, les yeux infiniment tristes. J'étais sur le point de penser que Li Qi ne viendrait pas — tout ceci avait été si soudain : la veille, nous ne nous connaissions

24

pas encore —, quand je l'aperçus soudain au loin qui fendait la foule pour me rejoindre, pressant le pas pour les derniers mètres. Elle me prit le bras, essoufflée, souriante, elle portait une veste kaki légère et flottante, à peine une veste, plutôt une chemise ouverte sur un étroit bustier noir, et, à son cou, je remarquai un minuscule éclat de jade qui brillait sur sa peau nue. Mais, quasiment dans le même temps, dans son sillage pour ainsi dire, à quelques mètres derrière elle, j'aperçus Zhang Xiangzhi, qui s'avançait lentement dans la nuit derrière ses lunettes noires. Je ne comprenais rien à ce qui se passait, et je me sentis soudain envahi par une vague d'inquiétude, de déplaisir et de doute. Après avoir salué nos retrouvailles d'un sourire qui me parut ironique, voire légèrement goguenard, comme s'il voulait souligner le mauvais tour qu'il venait de me jouer — ou que j'aurais essayé moi-même de lui jouer, et dont il n'aurait pas été dupe — Zhang Xiangzhi s'éloigna de quelques pas pour passer un coup de téléphone sur son portable. Que faisait-il là ? Avait-il simplement accompagné Li Qi à la gare ? Certes, il n'y avait rien d'étonnant à ce que Li Qi et Zhang Xiangzhi se connaissent (c'était même par lui que j'avais fait sa connaissance), mais je ne comprenais pas comment il avait été mis au courant de notre voyage — et je fus encore plus désorienté quand Li Qi m'apprit qu'il venait avec nous à Pékin.

Nous laissâmes la gare derrière nous et nous mîmes à courir (je ne cherchais plus à comprendre ce qui se passait, tant de choses me paraissaient obscures depuis que j'étais arrivé en Chine), nous traversâmes en courant une large avenue parmi les phares blancs et aveuglants des voitures pour entrer dans un vieux bâtiment en briques, où, dans un clair-obscur jaunâtre, flottaient des odeurs vénéneuses de chou rance et de pisse. Deux policiers en faction veillaient à la porte, indifférents et silencieux, en uniforme, une matraque au côté. Nous étions à peine entrés dans le hall qu'une nuée d'hommes nous suivit à la trace comme un essaim d'insectes, véhéments et volubiles, en essayant de nous vendre des billets de train au marché noir. C'était un vaste hall aux allures de salle de paris clandestins qui bruissait d'animation, avec une billetterie vieillotte et des guichets déserts, des mégots sur le sol, des barquettes de repas en carton crénelé abandonnées par terre, et des crachats humides, un peu partout, en constellations étoilées, qui luisaient d'un éclat nacré sur le carrelage. Zhang Xiangzhi se mit à examiner les tickets que les vendeurs lui proposaient et suivit un petit groupe à l'ombre d'un pilier. Cerné par une dizaine de types qui le collaient au corps, seule sa tête dépassait encore d'un hérissement de bras et d'épaules en mouvement, il sortit de sa poche une pleine liasse de coupures de cent yuans d'un rouge rose décoloré et détacha, en les comptant ostensiblement avec le pouce, six billets de sa liasse, qu'il tendit au vendeur. Le vendeur les repoussa violemment, la mine outrée, gesticulant pour dire qu'il ne pouvait accepter une telle offre, mimant du pouce qu'on l'égorgeait, et chercha à se saisir de force de toute la liasse pour obtenir davantage dans une négociation devenue maintenant sauvage et qui était en train de virer à l'incident, à la rixe, au pugilat. Finalement, se dégageant d'un coup d'épaule de la mainmise du groupe, Zhang Xiangzhi sortit encore trois vieux billets de vingt yuans chiffonnés de la poche poitrine de sa chemisette, qu'il ajouta aux six coupures de cent yuans qu'il proposait, et l'échange se fit, rapide, grossier, brutal, trois tickets de train Shanghai-Pékin contre six cent soixante yuans cash.

Avant d'entrer dans la gare, nous dûmes passer un contrôle de sécurité. Je déposai mon sac à dos sur le tapis roulant, et un policier assis à l'écart dans une guérite vitrée détaillait attentivement son contenu sur son écran de contrôle, les contours noirs et nets de ma trousse de toilette et du téléphone portable, tandis que mes sous-vêtements, plus éthérés, grisâtres et à peine matérialisés, paraissaient flotter sur une corde à linge invisible à la surface de l'écran, chaussettes irradiées et caleçons dans les limbes. Passé le contrôle de sécurité, nous gagnâmes la salle d'attente du train Shanghai-Pékin, qui était déjà bondée, et nous nous frayâmes difficilement un chemin dans la foule en direction d'une rangée de tourniquets condamnés par des chaînettes sur lesquels veillait une armée de contrôleurs. Repartant aussitôt en sens inverse, Zhang Xiangzhi alla chercher des journaux et des boissons pour le voyage, retraversant péniblement la foule, évitant les sacs et les valises qui encombraient le sol. Pour la première fois depuis la veille, je me retrouvai alors seul avec Li Qi. Je regardais son visage dans la foule, immobile et pensif, et je me demandais pourquoi elle m'avait proposé de faire ce voyage avec elle, alors que, dans le même temps, elle avait également proposé à Zhang Xiangzhi de nous accompagner. Car c'était elle qui lui en avait parlé — comment, sinon, aurait-il été au courant ? Mon trouble alla encore croissant quand Li Qi, qui était restée plutôt réservée avec moi depuis nos retrouvailles, profita manifestement de l'absence de Zhang Xiangzhi pour entrouvrir sa valise à roulettes et en sortir un petit cadeau pour moi. Elle me le tendit, les yeux baissés, avec une émotion visible. Je lui souris, ne sachant que dire. Je gardais son cadeau à la main, sans l'ouvrir, et, pour mettre un terme au trouble réciproque dans lequel nous nous trouvions, je me rapprochai d'elle et lui fis gauchement la bise au milieu de la foule, avec une timidité maladroite, qui me troubla d'autant plus que nos regards se croisèrent un instant et que nos lèvres s'effleurèrent pas si fortuitement que ça.

Le train de nuit était immobilisé sur le quai de la gare de Shanghai, et nous longions de longs wagons bombés éclairés de l'intérieur, à travers lesquels se devinaient des rangées de couchettes illuminées dans les compartiments. Zhang Xiangzhi, qui nous précédait, présenta les billets à la contrôleuse, jeune femme en uniforme bleu, avec casquette et galons dorés, qui se tenait à la porte du wagon. Elle vérifia longuement nos identités, tournant et retournant les passeports, examinant avec attention mon visa, puis elle poinçonna les tickets et cocha des numéros sur sa feuille de contrôle avant de nous laisser monter dans le train. Progressant avec difficulté dans le couloir pour rejoindre nos places, nous apercevions des gens qui buvaient du thé sur leurs couchettes, la tête ployée sous l'auvent de la couchette médiane, ou nichés au sommet, un journal à la main, les pieds en chaussettes sur le protège-drap pelucheux. Un chariot métallique chargé de boissons et de soupes instantanées était englué au milieu du couloir, la jeune employée, tête nue et badgée, tempêtait pour se frayer un chemin, se retournait pour essayer d'attirer l'attention d'un contrôleur. Ici et là, dans l'allée, un jeune homme en bras de chemise était perché sur une échelle, qui hissait de gros sacs et des valises et les casait dans les caissons à bagages, sous les yeux d'un couple de vieux vêtus de coton bleu qui le regardaient faire. Nous prîmes possession de nos couchettes, et j'allai attendre le départ du train dans le couloir, me penchai à la vitre tandis que le train s'éloignait dans la pénombre verdâtre

d'un quai sombre que tamisaient des halos de
réverbères qui diffusaient une lumière blanche et
blême dans la nuit.

Quelques minutes après le départ, comme
nous remontions le convoi en direction du
wagon-restaurant, je remarquai qu'une des portes
de communication entre les wagons avait été brisée, sans doute récemment, des éclats de verre
jonchaient le sol du couloir et des traces de sang
séché constellaient la paroi, une tache plus
grande, centrale, et des milliers de gouttelettes
séchées autour, minuscules, pailletées, d'une couleur rouge brun. Un simple plastique, maintenu
par des bandes adhésives de mauvaise qualité que
les courants d'air faisaient battre mollement, avait
été fixé à l'endroit où la vitre avait été cassée,
entortillé autour des barres de protection de la
porte. Il n'y avait aucun vestige d'une éventuelle
bagarre ou de quelque accident, aucune trace qui
permettait de deviner ce qui avait pu se passer.
Je m'étais arrêté un instant devant cette tache
de sang mystérieuse et Li Qi s'était attardée
avec moi. Puis, dans la brève hésitation que
nous marquâmes l'un et l'autre avant de repartir,
nos épaules se touchèrent, s'effleurèrent presque

consciemment, s'abandonnèrent l'une à l'autre, il était impossible que ce fût fortuit, nos regards se croisèrent encore et je sus alors avec certitude qu'elle aussi avait été consciente de ce nouveau contact secret entre nous, comme une ébauche, la rapide esquisse de l'étreinte plus complète, de nouveau différée, qui ne tarderait plus.

Nous avions pris place dans le wagon-restaurant et commandé quelques plats, des brochettes, du porc au gingembre, des nouilles sautées. La nappe était tachée de traces de thé brunâtres et de sauce d'un précédent repas, des cendres débordaient d'une soucoupe remplie de mégots. Li Qi mangeait en silence, levait les yeux de temps à autre pour m'adresser un bref regard complice qui échappait à Zhang Xiangzhi. Au fond du wagon, près des cuisines, un petit attroupement s'était formé autour d'un jeune Chinois torse nu avachi sur une banquette, un mouchoir ensanglanté en boule sur l'arcade sourcilière. Il paraissait sans force, sa chemise blanche couverte de sang séché qu'il avait enlevée et posée sur la table parmi des restes de repas, le vêtement en boule sur la nappe, froissé, chiffonné, une manche baignant dans la sauce. Assis en face de lui, deux flics en uniformes et casquettes réglementaires lui posaient question sur question sans ménagement, lui secouaient le bras de temps à autre pour qu'il réponde. Mais le jeune type paraissait à bout de forces, au bord de l'évanouissement, il transpirait lourdement, un filet de salive s'écoulant de ses lèvres, le front et le cou moites, la sueur allait se mêler aux filets de sang séché sur ses joues et sur ses seins, collés en croûtes autour de ses tétons. Un contrôleur finit par le soulever par le bras, et il fut embarqué dans le couloir par les policiers au milieu d'un cortège chuchotant et clairsemé, dont une jeune fille surexcitée, les cheveux en désordre, avec un escarpin rouge tordu à la main, qu'elle brandissait de temps à autre dans la mêlée pour ponctuer ses phrases en menaçant le jeune type de lui balancer un coup de talon au visage.

Nous avions fini de dîner, les canettes de bière vides s'amassaient devant nous sur la nappe sale en épais coton rêche. Je regardais le paysage à travers la vitre, j'essayais de distinguer quelque chose dans l'obscurité que nous traversions, des champs et des rizières, une zone d'ombre indistincte que je savais être la campagne chinoise. Je n'avais aucune idée de l'endroit où nous pouvions être, à quelle hauteur du continent chinois, près de quelle ville, et, l'aurais-je su, j'aurais été bien avancé, Nantong, Lianyungang, Qingdao, il n'était même pas sûr que nous longions la côte, je ne voyais nulle trace de mer à l'horizon, pas de dunes ni d'installations portuaires, d'entrepôts ni de docks dans la nuit. Une serveuse, dans le train engourdi, les gestes las, avec un tablier blanc et une petite couronne de tissu dans les cheveux, remontait le wagon en débarrassant les tables les unes après les autres, prenait les plats et les assiettes sales et les répartissait sur un chariot, puis s'emparait des nappes, d'un seul geste, un pincement des doigts au centre de la table, et les jetait dans un grand panier à linge qu'elle faisait avancer à son rythme sur le sol en le traînant par terre entre ses jambes. Zhang Xiangzhi avait demandé l'addition. Il ne disait rien, il transpirait en silence dans sa chemisette grisâtre, se passant à l'occasion un large mouchoir blanc sur le front et dans le cou. Il portait toujours ses lunettes de soleil, très noires, ses pommettes luisaient de transpiration. Nous avions à peine échangé quelques mots depuis le début du voyage (de temps à autre, il me désignait quelque chose de façon autoritaire et bourrue, ma canette de bière vide par exemple, pour savoir s'il fallait en commander une autre, ou le chemin des toilettes, lorsque je m'étais levé, le regard indécis, pour m'indiquer la direction que je devais prendre). Parfois, il m'adressait péniblement une phrase en un anglais rugueux, à laquelle je répondais en acquiesçant avec un sourire prudent, vague, gentil, qui n'engageait à rien. Je ne comprenais pas grand-chose à ce qu'il me racontait, son anglais était rudimentaire, souvent inspiré de la structure monosyllabique du chinois, l'accent difficile à comprendre, il prononçait *forget* comme *fuck* (*don't fuck it*, m'avait-il par exemple recommandé avec force à propos du billet de train — *no, no, don't worry,* avais-je dit).

Depuis la fin du repas, il semblait maussade, notre ami Zhang Xiangzhi, calé dans un coin de la banquette, l'épaule contre la fenêtre, un cure-dent en vrille aventuré dans la bouche. Absorbé dans ses pensées, il sortit son téléphone portable de sa poche et composa un numéro sur le cadran. Il attendait qu'on décrochât, regardant le paysage par la vitre en continuant de se curer les dents, son visage était vide, inexpressif, il dit quelques mots en chinois, calmement, comme s'il faisait un rapport succinct de la situation (et, même si c'était peu probable, je ne pus m'empêcher de penser qu'il parlait de moi, tant j'avais le sentiment d'être surveillé en permanence depuis que j'étais en Chine). Comme la conversation se poursuivait, posant la main sur le dossier de mon siège, il finit par se lever, et je le vis faire quelques pas dans l'allée centrale du wagon-restaurant, déambuler dans le train le portable à l'oreille comme s'il était dans son salon, en faisant de grands gestes agacés du bras en direction du plafond, il s'échauffait tout seul, sa voix devint furieuse, véhémente, il se mit à hurler dans l'appareil, de courtes rafales de mots chinois, brèves scansions de syllabes crépitantes qu'il lâchait à un rythme de pistolet-mitrailleur. Le plus étonnant, quand il raccrocha et vint se rasseoir avec nous, c'est qu'il ne parut nullement affecté par la violence de la conversation qu'il venait de tenir. Il dit quelques mots en chinois à Li Qi sur un ton badin (du genre, quel con, ce Wei Fujing), puis fit glisser souplement son petit téléphone couleur pâle bondi dans la poche poitrine de sa chemisette grise.

Nous avions regagné nos couchettes, et je me tenais couché sur le dos, immobile dans la chaleur lourde du compartiment que baignait une faible veilleuse bleue. Zhang Xiangzhi était allongé à côté de moi sur la couchette voisine, les pieds nus, le corps tourné vers la paroi (j'entendais sa respiration régulière, il s'était endormi dès que nous étions revenus). Il n'y avait pas un bruit dans le compartiment, si ce n'est le grondement régulier du train qui filait vers Pékin. Li Qi était étendue juste au-dessus de moi sur la couchette médiane, je ne pouvais la voir, mais je sentais qu'elle ne dormait pas, parfois je l'entendais bouger délicatement sur sa couchette. Les yeux ouverts dans la pénombre, je pensais à elle, à la douceur de son regard et à son nom qui avait un goût de fruit. Nous avions déjà échangé tant de signes d'attirance réciproque depuis le début du voyage, des effleurements et des regards, d'infimes déclarations d'amour clandestines et secrètes. Nous ne nous étions pas encore embrassés parce que les circonstances ne s'y étaient pas prêtées, et il était même possible que nous ne nous embrassions jamais. Qu'importe, j'aimais sa réserve parce que j'aimais ma timidité. Nous avions conscience que nous nous plaisions, nous le savions l'un et l'autre, et savions que l'autre le savait. Mais ce qui manquait encore, et manquerait peut-être toujours, c'était l'occasion, le moment opportun, la faveur ou la saison.

Une dizaine de minutes s'écoula encore, il faisait très chaud dans le compartiment, j'avais entrouvert ma chemise et je transpirais sans bouger sur ma couchette, les bras le long du corps. Je continuais de penser à Li Qi allongée sur la couchette supérieure, quand un de ses pieds apparut dans mon champ de vision dans la pénombre bleutée du compartiment, isolé et hésitant, en chaussette blanche, qui pendait dans le vide au-dessus de ma tête, puis l'autre pied, également en chaussette, ses deux pieds bientôt suivis de tout son corps, au ralenti et torsadé, qui se laissa glisser souplement vers le bas, un des pieds marquant un léger temps d'arrêt sur le bord de ma couchette, pour rejoindre avec agilité, d'un petit bond, le sol du compartiment. Silhouette silencieuse et légère, elle évoluait sans bruit, furtive, ses sandales à la main, qu'elle chaussa l'une après l'autre dans le couloir, en déséquilibre sur une jambe. Sa tête reparut dans le compartiment et se pencha tout doucement vers moi. Elle me sourit, un doigt sur les lèvres, tandis que nos regards se croisaient et communiaient une fraction de seconde dans l'intelligence de cet instant.

J'avais pris mon sac à dos et j'avais rejoint Li Qi sans bruit dans le couloir, nous marchions l'un derrière l'autre dans le train endormi, titubant le long des vitres pour remonter le convoi de wagon en wagon. Arrivés à la voiture-restaurant, nous trouvâmes porte close. Il y avait encore de la lumière au fond du wagon, les cuisines étaient ouvertes, une jeune fille faisait la vaisselle pieds nus dans un étroit réduit devant un évier métallique chargé de plats et d'assiettes sales. Li Qi frappa au carreau, tâcha d'attirer l'attention de quelqu'un. Au bout d'un moment, traînant des pieds, un vieux cuistot en tablier blanc avec un chapeau de chef crasseux et tire-bouchonné vint entrouvrir la porte, un mégot à la bouche, échangea quelques mots en chinois avec Li Qi. Il lui disait que c'était fermé, qu'il ne pouvait rien nous vendre. Li Qi insista et il alla nous chercher quelques bières, qu'il dissimula dans un sac en plastique blanc fripé. Il referma la porte à clé, et nous revînmes sur nos pas, longeâmes le couloir en sens inverse, déséquilibrés de temps à autre par les brusques tangages du convoi. Nous traversions des couloirs silencieux où des dizaines de personnes endormies reposaient comme des gisants sur leurs couchettes, dans un murmure de ronflements et d'éphémères quintes de toux. Ici et là, quelqu'un nous barrait le passage, qui somnolait sur un strapontin au milieu de l'allée, la tête couchée sur une tablette. Au moment de repasser devant la porte de communication brisée que j'avais repérée au début du voyage, je ressentis un agréable vent de fraîcheur me caresser le visage, la vitre cassée faisait courant d'air, qui avait été mal bouchée par un plastique virevoltant retenu par un adhésif effiloché, et un souffle d'air tiède pénétrait dans le wagon. Nous nous installâmes là pour boire nos bières, dans cet espace intermédiaire, sorte d'étroit vestibule à l'entrée du wagon sur lequel donnaient les portes des toilettes et le local du contrôleur. Nous avions pris place sur le sol et nous bavardions à voix basse dans le train endormi.

Et nous nous embrassâmes là, assis à même le sol, dans le vacarme du train qui filait dans la nuit.

Par la vitre crasseuse de la porte du train défilaient des fils électriques et des caténaires dans le ciel. Le train filait tous feux éteints dans la campagne chinoise. Nous traversions des champs et des forêts, passions des points d'eau et des passages à niveau, et nous nous embrassions assis par terre dans le train, maladroitement, bras et jambes enchevêtrés. J'effleurais les mains et les bras nus de Li Qi, je touchais ses épaules, laissant courir mes doigts sur sa peau tiède, et, lorsque je soulevai son vêtement pour lui caresser le ventre et remonter le long de ses seins, je la sentis haleter contre mon oreille et en même temps se relever, se redresser sur ses talons et lentement remonter le long de la paroi en m'entraînant avec elle sans retirer ma main de sous le vêtement. Elle me souffla qu'on ne pouvait pas rester là, et, regardant autour d'elle avec inquiétude, s'éloignant en me prenant par le bras, nous fîmes quelques pas en trébuchant sur les canettes de bière qui se renversèrent à nos pieds, et elle me fit entrer dans le cabinet de toilette, me poussa contre le lavabo et plaqua ses lèvres contre ma bouche.

C'était un réduit exigu, violemment éclairé, avec un miroir mural parsemé de taches et moucheté de zébrures qui surplombait un lavabo sommaire, doté d'un étroit robinet métallique à pédale. Une fenêtre opaque, en hauteur, largement entre-bâillée, donnait sur le ciel noir, et un courant d'air moite mêlé au grondement du train nous parvenait avec une force démesurée. La porte mal fermée battait sur elle-même au gré des cahots et des secousses du train. J'avais soulevé l'étroit bustier noir de Li Qi qui lui collait au corps et l'avais fait passer par-dessus sa tête, le dégageant de ses longs cheveux auxquels il resta collé un instant par l'aimant d'une décharge d'électricité statique qui me parcourut les doigts comme si je m'étais accroché à un chapelet de fil de fer barbelé. Je posai le vêtement, encore tout vivant d'électricité, sur le bord du lavabo, où il s'affaissa aussitôt, et j'aperçus fugitivement le reflet de nos corps dans le miroir, je l'aperçus à peine et m'en détournai aussitôt, mais l'image entr'aperçue s'était inscrite dans mon esprit, nos corps enlacés dans l'éclatante lumière blanche aux reflets verdâtres de ce réduit étroit, Li Qi haletante dans mes bras, vêtue d'un simple pantalon noir et de son soutien-gorge crème, son torse mince contre mon corps.

Lorsque je voulus dégrafer son soutien-gorge, je la sentis se dérober avec grâce, dans une torsion souple et glissante, se défaire de mon étreinte et aller fermer la porte, abattre le loquet. Dos à la porte, alors, immobile, elle m'attendait. Je m'avançai vers elle, passai les mains dans son dos et défis son soutien-gorge. Les bretelles tombèrent, elle n'avait plus que son amulette de jade autour du cou, ses seins étaient nus devant moi. Je levai la main et lui caressai doucement la poitrine, lentement, tandis que je sentais qu'elle se cambrait contre la porte, collait son bassin contre mon corps en gémissant. Puis, d'un coup, nous nous immobilisâmes. Quelqu'un venait d'essayer d'entrer dans le cabinet de toilette.

Nous ne bougions plus, nous avions défait précautionneusement notre étreinte, les bras ballants le long du corps, et nous nous tenions face à face sans bouger, Li Qi posa un doigt sur mes lèvres pour m'engager à ne rien dire. Les visages immobiles, très près l'un de l'autre, nous nous regardions dans les yeux avec une lueur de complicité fiévreuse dans le regard. Tout doucement, je levai la main et lui passai un doigt sur le versant du bras, lui caressai l'épaule, sans un bruit l'attirai de nouveau contre moi et la serrai dans mes bras en silence. La personne qui avait essayé d'ouvrir n'avait pas insisté, elle s'était éloignée, on n'entendait plus de bruit de l'autre côté de la porte, si ce n'est le grondement égal du train dans la nuit. Mais quand, à peine quelques secondes plus tard, j'entendis le téléphone retentir à l'extérieur du cabinet de toilette, je compris aussitôt que c'était le téléphone portable qu'on m'avait offert qui sonnait dans mon sac à dos, et je sentis mon cœur battre très fort, je ressentis de la terreur, un mélange de panique, de culpabilité et de honte. J'avais toujours eu des relations difficiles avec le téléphone, une combinaison de répulsion, de trac, de peur immémoriale, une phobie irrépressible que je ne cherchais même plus à combattre et avec laquelle j'avais fini par composer, dont je m'étais accommodé en me servant du téléphone le moins possible. J'avais toujours plus ou moins su inconsciemment que cette peur du téléphone était liée à la mort — peut-être au sexe et à la mort — mais, jamais avant cette nuit, je n'allais avoir l'aussi implacable confirmation qu'il y a bien une alchimie secrète qui unit le téléphone et la mort.

Zhang Xiangzhi était là derrière la porte. Il n'était pas parvenu à me faire ouvrir de mon plein gré, et il avait imaginé ce stratagème pour m'obliger à sortir. Sans doute ne dormait-il pas quand nous avions quitté le compartiment, sans doute faisait-il seulement semblant de dormir, allongé sur sa couchette le visage tourné vers la cloison, l'oreille aux aguets, il avait tout écouté et savait pertinemment ce qui était en train de se passer. Il s'était relevé dès que nous avions quitté le compartiment et nous avait suivis sans bruit dans le couloir, il nous avait guettés tout le temps et il attendait maintenant caché derrière la porte. Il était dissimulé dans l'ombre à l'angle du couloir et il surveillait la porte du cabinet de toilette, il avait la porte en point de mire, et il attendait que je sorte, que je m'avance à terrain découvert. Je guettais le moindre bruit dans le couloir. Le téléphone sonnait toujours à l'extérieur du cabinet de toilette, résonnait dans mon cerveau, les sonneries me brûlaient les tempes, faisaient vibrer la surface de mes nerfs, me paralysaient les membres en même temps qu'elles me forçaient à agir, à bouger, comme un simple réflexe, un acte irréfléchi, le commandement inconscient qu'il y a de répondre quand on entend le téléphone sonner. Je soulevai le verrou et me jetai en avant dans le vacarme, je ne voyais personne, je ramassai mon sac à dos à la volée et m'emparai du téléphone en ouvrant brusquement la porte de communication pour m'engager dans le sas protégé qui sépare les wagons, et je fus accueilli par un souffle chaud, le violent appel d'air qui hurle dans cet espace enténébré où règne le terrifiant grondement du train lancé à pleine vitesse dans la nuit. Je traversai en courant l'étroite passerelle qui tressautait sous mes pieds au-dessus du vide pour passer dans l'autre wagon, je ne parvenais pas à trouver la touche pour décrocher, cela faisait déjà un moment que je disais « allô », « allô » dans le vide, quand mes yeux tombèrent sur la grande tache de sang séché au cœur de la porte brisée qui séparait les compartiments, et que, parvenant enfin à avoir la communication, les yeux fixés sur le fragment de plastique mal accroché qui battait furieusement au vent dans la nuit, j'entendis faiblement au loin la voix de Marie.

C'était Marie qui appelait de Paris, son père était mort, elle venait de l'apprendre quelques instants plus tôt.

Ce qui me frappa le plus sur l'instant, c'est qu'elle ne pleurait pas, pas de sanglots, pas de cris, pas de gémissements, sa voix était apparemment calme, un léger tremblement dans le timbre et beaucoup de halètements et de précipitation pour me relater avec confusion le coup de téléphone que venait de lui faire Maurizio, le gardien de la maison de l'île d'Elbe où son père passait l'été. Maurizio venait de l'appeler pour lui apprendre la mort de son père, brutale, accidentelle, par noyade ou malaise cardiaque, ou les deux, il n'avait pas été clair et elle l'était encore moins, elle se trouvait au Louvre en ce moment, au musée du Louvre, abattue sur un banc, jusqu'où elle avait titubé quand elle avait appris la nouvelle, l'accident avait eu lieu en début d'après-midi et il était maintenant cinq heures à Paris, cinq heures et demie, elle ne savait pas, je ne sais pas, je n'en sais rien, dit-elle, il fait jour, me dit-elle, il fait terriblement jour.

Marie, je le compris aux légers cahots qui se firent alors entendre dans le téléphone, s'était levée et elle quittait le Louvre, elle traversait les salles en direction de la sortie, silhouette vacillante, chancelante, ses doigts tremblaient et la

47

lumière du soleil lui brûlait les yeux, elle accélérait le pas et tâchait de quitter au plus vite les
deux cents mètres en enfilade de la Grande Galerie comme pour fuir la nouvelle qu'elle venait
d'apprendre, déviant à peine sa trajectoire et
n'hésitant pas à bousculer les visiteurs qui se trouvaient sur son chemin, fendant ici, éperonnant là,
un bras en éclaireur, laissant dans son sillage une
onde de têtes qui se retournaient sur son passage
dans un murmure d'incrédulité et de désappro-
bation. Elle ne se retournait pas et continuait de
me parler au téléphone en même temps qu'elle
s'approchait par brusques embardées des chaises
des gardiens pour demander le chemin de la sortie, d'un ton égaré et suppliant, cherchant à quitter le Louvre et n'écoutant pas les réponses, revenant sur ses pas et trébuchant sur quelque infime
dénivelé du marbre, repartant de plus belle et
traversant une succession de salles plus sombres,
le salon Carré, la salle Duchâtel, la salle Percier
et Fontaine, laissant derrière elle la pluie de soleil
de la Grande Galerie et allant se réfugier dans
l'ombre accueillante de la rotonde d'Apollon, sans
ouverture ni fenêtre, mais retrouvant là encore le
soleil, comme une malédiction, le soleil qui semblait la poursuivre, factice à présent, faux, peint,

artificiel, qui brillait d'un éclat d'incendie au plafond de la rotonde, tandis que, dans les tympans
ombrés des arcs, des reliefs sculptés ajoutaient
d'autres motifs solaires à cette malédiction, têtes
du soleil datant de Louis XIV, Roi Soleil, auréo-
lées de rayons d'or et parées de pétales de tour-
nesols, d'héliotropes et d'hélianthes qui lui faisaient tourner la tête. Marie chancelait, Marie
perdait l'équilibre, elle descendait en vacillant les
escaliers de marbre inondés de lumière de la Vic-
toire de Samothrace. Arrivée en bas, éperdue, un
pied hors de sa sandale, elle s'égara dans un
dédale de salles voûtées et se mit à courir le long
de statues grecques immobiles depuis des millé-
naires, aux corps blancs, lisses et silencieux,
incomplets, mutilés, des fragments de marbre res-
capés empalés sur des tiges métalliques dans des
socles cylindriques de bois blond, torses et cuisses
isolés, mains seules, têtes énucléées et bassins sans
verge aux minuscules testicules orphelins, se fau-
filant entre les œuvres sans rien voir, comme ivre,
égarée parmi des vestiges antiques et des débris
de frise. Elle descendit à l'entresol par un étroit
escalier en colimaçon, remonta au rez-de-chaussée. Elle ne savait plus ce qu'elle faisait, elle revint
sur ses pas, la tête basse, ne me parlant plus, le

téléphone battant mollement dans sa main contre sa cuisse, et alla s'étendre sur un banc, un bras en bouclier au-dessus du front pour se garder de la lumière zénithale du soleil qui la frappait, à moitié allongée sur le banc, elle ne bougeait plus, la nuque reposant sur le marbre, elle regardait la voûte sans plus penser à rien, elle regardait fixement un détail d'un plafond peint qui représentait plusieurs personnages en apesanteur dans une nébuleuse ascendante de nuages, elle souleva lentement le bras pour approcher le téléphone de sa bouche et commença à me décrire d'une voix douce et déchirante le plafond peint avec d'infinies précisions, me chuchotant au téléphone à travers les milliers de kilomètres qui nous séparaient la position des personnages et l'agencement des petits nuages dans le ciel bleu.

J'écoutais Marie en silence, j'avais fermé les yeux, et j'entendais sa voix passer de mon oreille à mon cerveau, où je la sentais se propager et vivre dans mon esprit. Je n'écoutais pas vraiment ce qu'elle disait, abattu par la nouvelle dont je ne parvenais pas à prendre encore la mesure, j'écoutais simplement sa voix, la texture fragile et sensuelle de la voix de Marie. Je me sentais submergé par l'envie de pleurer, et je me raccrochais à cette voix douce qui me berçait, je collais avec force l'appareil contre mon oreille pour faire pénétrer la voix de Marie dans mon cerveau, dans mon corps, au point de me faire mal, de me rougir le pavillon de l'oreille en plaquant le plastique chaud, moite, humide, de l'appareil contre ma tempe endolorie. Les yeux fermés et sans bouger, j'écoutais la voix de Marie qui parlait à des milliers de kilomètres de là et que j'entendais par-delà les terres infinies, les campagnes et les steppes, par-delà l'étendue de la nuit et son dégradé de couleurs à la surface de la terre, par-delà les clartés mauves du crépuscule sibérien et les premières lueurs orangées des couchants des villes est-européennes, j'écoutais la faible voix de Marie qui parlait dans le soleil du plein après-midi parisien et qui me parvenait à peine altérée dans la nuit de ce train, la faible voix de Marie qui me transportait littéralement, comme peut le faire la pensée, le rêve ou la lecture, quand, dissociant le corps de l'esprit, le corps reste statique et l'esprit voyage, se dilate et s'étend, et que, lentement, derrière nos yeux fermés, naissent des images et resurgissent des souvenirs, des sentiments et des états nerveux, se

51

ravivent des douleurs, des émotions enfouies, des peurs, des joies, des sensations, de froid, de chaud, d'être aimé, de ne pas savoir, dans un afflux régulier de sang dans les tempes, une accélération régulière des battements du cœur, et un ébranlement, comme une lézarde, dans la mer de larmes séchées qui est gelée en nous.

Je pleurais. J'étais debout dans le train, et je pleurais, je pleurais en silence, sans humeurs et sans larmes, le front en sueur et ma chemise défaite. Je ne bougeais pas. J'avais toujours ce plastique affolé dans mon champ de vision qui battait au vent comme une voile déchirée, et mon esprit était assailli d'images contradictoires, de soleil et de nuit, d'éblouissement et de ténèbres. Je ne savais pas où j'étais, j'entendais le grondement régulier du train dans la nuit, quand je vis soudain Li Qi apparaître dans mon champ de vision, qui venait de refermer doucement la porte de communication entre les wagons et avançait vers moi dans la pénombre bleutée du couloir. À travers les fenêtres fuyaient des traînées de lumières blanches fulgurantes qui accompagnaient les lueurs d'une petite gare chinoise ou les balises d'un passage à niveau. Li Qi s'immobilisa en découvrant mon visage immobile dans le noir, mes yeux intenses qui continuaient de regarder la nuit à perte de vue par la fenêtre, et elle demeura là quelques instants dans l'obscurité, interdite, à côté de moi, ne sut que faire, esquissa un geste pour me toucher l'épaule. Nous ne bougions pas dans le couloir, et je m'avançai doucement vers elle et la pris dans mes bras, l'étreignis en silence, je la serrais contre moi dans une pression douce et forte et un abandon complet de l'âme. J'avais refermé les yeux et tout se confondait dans mon esprit, la vie et la mort, le soleil et la nuit, la douceur et les larmes, je continuais d'entendre la voix de Marie contre ma tempe et je serrais doucement le corps de Li Qi dans mes bras dans une étreinte de deuil et de compassion qui ne lui était pas destinée. Je passais ma main sur ses épaules, caressais ses cheveux pour la réconforter. Li Qi releva la tête et rechercha mes lèvres dans le noir, mais ma bouche se déroba instinctivement, et, comme nos regards se croisaient, elle m'interrogea du regard pour savoir ce qui se passait, et, sans que je ne dise rien, je ne pouvais rien dire, ni bouger, ni lui expliquer quoi que ce soit, je me contentai de la regarder en silence, mon expression de détresse devait être suffisamment explicite sur la gravité de ce que je venais d'apprendre, et elle me laissa seul, je la regardai repartir dans l'obscurité bleutée du couloir, rouvrir la porte de communication et disparaître.

Longtemps je n'entendis plus Marie au téléphone, seulement des grésillements, une rumeur, un souffle et l'écho de ses pas, et, soudain pris de vertige, pressant le pas dans les galeries souterraines du Carrousel du Louvre, je — ou elle —, je ne sais plus, la rue de Rivoli était déserte au débouché des escaliers mécaniques, les trottoirs brûlants dans l'air immobile et tremblant de chaleur de l'après-midi parisien, une ambulance était garée au travers de la chaussée et la circulation avait été coupée rue de Rivoli, un cordon de policiers retenait la foule massée sous les arcades à la hauteur de la terrasse d'un café dans un désordre de parasols et de chaises en osier, un attroupement s'était formé au passage clouté et des pompiers allaient et venaient sur la chaussée avec des couvertures, de l'oxygène, un autobus était immobilisé à l'embouchure de l'étroite galerie qui passe sous les arches du Pavillon de Rohan en direction de la place du Carrousel, l'autobus avait été vidé de ses passagers, les portes grandes ouvertes, plusieurs pompiers agenouillés sur le sol en bordure du trottoir étaient affairés à la hauteur d'une des roues avant du véhicule, l'autobus avait été en partie surélevé par un système de crics et de planches en bois, du matériel de désincarcération reposait sur le sol, des scies à métaux, des sangles, des extincteurs et des bombonnes de gaz, des médecins urgentistes en blouse blanche étaient penchés en direction d'une forme invisible dont on apercevait que les jambes, se pouvait-il qu'il y eût un être humain coincé là sous les roues, on ne voyait rien, le soleil brûlait les yeux, et Marie se sentait défaillir, s'évanouir, la poitrine oppressée, cherchait fiévreusement ses lunettes de soleil dans son sac en fouillant et renversant son contenu sur le trottoir, clés, lettres, passeport, cartes de crédit, qui tombaient les uns sur les autres par terre et que, s'accroupissant sur le trottoir, elle ramassait par pelletées imprécises pour les refoutre n'importe comment dans le sac, jusqu'à ce qu'elle trouve enfin ses lunettes de soleil et les chausse en tremblant et s'éloigne sous les arcades, traversant une rue en me disant qu'elle rentrait prendre quelques affaires à la maison, quand la conversation fut coupée en plein milieu d'une phrase, ses derniers mots interrompus dans leur élan brisé ne me parvinrent pas, qui restèrent à jamais en équilibre entre les continents, suspendus entre le jour et la nuit.

La voix de Marie s'était tue, plus aucun son ne me parvenait dans l'appareil. Je n'avais pas bougé. Le front contre la vitre, et les sens à l'arrêt, j'avais simplement à l'esprit la phrase comme vide de sens : *Henri de Montalte est mort*, et je continuais de regarder fixement la nuit par la fenêtre. J'avais chaud, je transpirais, je sentais de la sueur bouger sur mon front, qui descendait lentement le long de mes tempes et que je ne prenais pas la peine d'éponger. Je finis par me remettre en route, je revins sur mes pas jusqu'à l'endroit où nous étions assis avec Li Qi quelques instants plus tôt. Il n'y avait plus personne dans le vestibule abandonné, seulement des canettes de bière renversées par terre, vides, et une petite flaque de bière jaunâtre sur le sol, encore humide et mollement pétillante, à l'effervescence épuisée, témoignage de notre présence passée. Je ne savais pas où j'allais, j'avais chaud, j'essayais vainement d'ouvrir une fenêtre au passage dans le couloir, mais je ne trouvais pas de prise sur les vitres et je ne m'attardais pas, je renonçais et poursuivais ma route. Finalement, je trouvai une fenêtre déjà entrouverte au milieu d'un couloir et je m'arrêtai pour essayer de l'ouvrir davantage, exerçant une forte pression des deux mains sur la fine tranche de verre démunie de poignée. Avec effort, lentement, je parvins à faire descendre le carreau millimètre par millimètre, comme s'il fallait écarteler les flancs du train pour accéder à la nuit. Dès que je fus parvenu à descendre la vitre complètement — la fenêtre s'ouvrait à présent, béante, au milieu du couloir, comme la porte latérale d'un wagon de marchandise ouverte à l'exact surplomb des voies —, bravant la sensation d'effroi et le vacarme de l'air chaud qui s'engouffrait dans le couloir, je passai la tête à la fenêtre et me penchai dans le vide. Des courants d'air chaud, brûlant, me cinglaient le visage, je voyais de longues herbes noires le long des talus et des remblais qui se couchaient le long du convoi sous l'effet de l'aspiration des wagons. Penché à la fenêtre, je sentais l'horizon et la courbure de la terre planer et tournoyer autour de moi, j'apercevais des lignes à haute tension qui défilaient obliquement dans le ciel, les poteaux électriques en enfilade qui apparaissaient fugacement et disparaissaient aussitôt de ma vue, promptement avalés par la vitesse du train qui les laissait sur place. Ma chemise plaquée contre mon torse, je gardais les yeux ouverts à la face du vent qui m'assaillait, des grains de sable et de poussière pénétraient dans mes yeux, des éclats d'argile et d'infimes gravillons, ma vue commença de se brouiller, et, dans un brouillard aqueux, liquide, tremblé et faiblement lumineux, mes yeux embués conçurent dans la nuit noire des larmes aveuglantes.

II

Le train arriva à Pékin un peu avant neuf heures du matin. Je ne me souviens de rien, je suivais Zhang Xiangzhi et Li Qi dans la gare, mon sac à dos sur l'épaule, nous ne disions rien, nous piétinions sur place au milieu d'une foule compacte de voyageurs chargés de sacs et de ballots. Les sorties qui donnaient sur l'esplanade de la gare centrale avaient été condamnées par des travaux d'aménagement ou de rénovation, et nous dûmes emprunter un étroit couloir en plein air bordé de palissades. Ce fut là mon premier contact avec la ville (c'était la première fois que je me rendais à Pékin), ce petit alignement zigzagant de planches brutes posées à même le sol que nous suivions en file indienne le long d'un chemin de terre ocre et poussiéreuse. Lentement, au-dessus de nos têtes, de fins bras métalliques de grues géantes pivotaient dans le ciel blanc, tandis que l'air chaud, lourd, âcre, brûlant, chargé de sable et de poussières irrespirables, tremblait devant nos yeux dans un bruit de foreuses et de marteaux-piqueurs qui faisait vibrer l'atmosphère de ce matin caniculaire.

Je marquai un temps d'arrêt en arrivant sur l'esplanade, ébloui par le soleil et le bruit, par la ville, par la chaleur, par la poussière et la circulation. Zhang Xiangzhi avait hélé un taxi et nous étions montés dans la voiture tandis qu'il donnait l'adresse d'un hôtel au chauffeur. Je ne savais pas où nous allions, je ne savais pas ce qui allait se passer. J'étais assis sur la banquette arrière du taxi, Zhang Xiangzhi avait pris place à l'avant et conseillait le chauffeur, l'admonestait, le prenait à partie (il avait, en toutes circonstances, une façon véhémente de parler chinois). Li Qi, à côté de moi, restait silencieuse, elle me regardait de temps à autre à la dérobée, avec douceur et bienveillance, elle ne semblait pas chercher à élucider les raisons de ma froideur à son égard, cette sorte de distance, de barrière invisible que j'avais instituée entre nous depuis le coup de téléphone de

Marie dans le train. Les baisers que nous avions échangés cette nuit me paraissaient si étranges et lointains, je n'en gardais qu'un souvenir de douceur irréelle, distante et vaporeuse. Je ne lui avais rien dit de la mort du père de Marie, je n'en avais rien dit à personne, et nos relations étaient devenues encore plus énigmatiques qu'au début du voyage. Le front en sueur, les yeux fixes, je regardais les rues défiler par la vitre, nous dépassions des voitures et des motos, une marée de deux-roues aux remorques de fortune qui charriaient tout et n'importe quoi dans la circulation, des choux et des épis de maïs, des piments rouges séchés, un amas de vieux ordinateurs, des poulets vivants entassés dans des cages qui filaient dans les rues en caquetant et laissant quelques brins de paille s'envoler dans leur sillage.

Arrivés à l'hôtel, Zhang Xiangzhi demanda à voir le directeur et l'accompagna dans un bureau privé. Nous l'attendions dans le hall, un grand hall vitré impersonnel, avec un bar désert, où un employé passait l'aspirateur entre des tables abandonnées. L'hôtel paraissait en travaux, ici et là étaient empilés des madriers, des poutres, des rails d'échafaudages. Une minuscule boutique était ouverte, qui ne vendait rien, les armoires étaient vides, les étagères protégées par des bâches. Plus loin, dans un renfoncement, une porte en verre fumé donnait sur un *business center* désaffecté, où de volumineux rouleaux de papier peint cylindriques avaient été entreposés contre les murs. Je lus distraitement quelques affichettes touristiques placardées à l'entrée qui proposaient des excursions d'une journée à la Grande Muraille, Badaling ou Mutianyu, avec des illustrations photographiques de mauvaise qualité qui insistaient moins sur la beauté des sites que sur les agréments d'un car Pullman climatisé. Lorsque Zhang Xiangzhi revint dans le hall, il nous expliqua qu'il avait réussi à négocier le prix des chambres avec le directeur (je ne répondis rien, je laissais faire, je suivais le mouvement en silence).

L'unique ascenseur de l'hôtel était momentanément hors d'usage, la cabine ouverte et immobilisée au rez-de-chaussée, un technicien en short agenouillé sur le sol, un masque noir de soudeur sur le visage, qui fixait un joint dans une petite gerbe pétaradante d'étincelles bleues et blanches. Zhang Xiangzhi contourna la cabine immobilisée et poussa la lourde porte coupe-feu des escaliers de service, nous précédant dans la cage d'escalier en allumant son briquet devant lui pour nous guider dans le noir. Au troisième étage, nous débouchâmes dans un long couloir encombré de matériel de peinture, pots métalliques, seaux, jerrycans et bidons. Le sol, sur une dizaine de mètres, était recouvert de grandes bâches en plastique transparentes, et nous dûmes nous aventurer sur ce chemin meuble et ondulant pour gagner les chambres, nos pieds s'enfonçant dans les aspérités du polyéthylène en faisant crisser les bâches sous nos pas dans un froissement continu de matière. Nous longions ce long couloir désert où se succédait une enfilade de portes absentes, qui avaient été retirées ou n'avaient jamais existé, et, jetant un coup d'œil au passage dans les chambres, nous apercevions, dans l'encadrement des chambranles vides, des silhouettes de jeunes peintres torses nus, un turban de pirate sur la tête, qui peignaient au rouleau en écoutant la radio à pleins tubes dans des volumes parfaitement dénudés, dans lesquels des particules de plâtre dansaient dans la lumière fluide d'un rayon oblique. D'autres pièces, plus loin, étaient tout aussi inachevées, beaux parquets en bois brut sur le point d'être poncés, murs nus recouverts d'une simple couche d'enduit et fenêtres largement ouvertes sur la rue, pas un lit, pas un meuble, parfois un lavabo neuf, en émail blanc, posé en attente sur le sol au milieu d'une chambre. Je commençais à me demander si l'hôtel, plutôt qu'être en travaux, n'était pas tout bonnement en construction, avec, au-dessus de nous, des ouvriers du bâtiment perchés sur des échafaudages, qui travaillaient encore, à ciel ouvert, aux finitions du toit (auquel cas, évidemment, Zhang Xiangzhi avait pu obtenir un bon prix auprès du propriétaire). Nous pénétrâmes dans un nouveau couloir qui venait d'être refait, moquette neuve et les murs tapissés de jaune pâle, et Zhang Xiangzhi s'arrêta devant une porte, l'ouvrit et me fit entrer, m'annonça que c'était ma chambre. Je fus alors sur le point de dire enfin quelque chose — qu'il fallait que je rentre en Europe —, mais je ne dis rien, je restai debout sur le pas de la porte et les regardai s'éloigner dans le couloir, Li Qi se retourna pour m'adresser un fugitif regard, ils ne firent que quelques pas et s'arrêtèrent à la hauteur de la porte vis à vis. Zhang Xiangzhi introduisit la carte magnétique dans la serrure et je les vis entrer tous les deux dans la chambre — et ce n'est qu'alors, pour la première fois, que me vint à l'esprit avec indifférence qu'ils avaient pu être amants, voire qu'ils l'étaient encore.

Dans ma chambre, je passai immédiatement quelques coups de téléphone pour régler les modalités de mon retour. Je tombai d'abord sur une opératrice, qui me disait « ouais » d'un air morne (en réalité elle disait « wei », « allô » en chinois, qui se prononce à peu près comme le « ouais » français, avec la même intonation désinvolte et épuisée). Finalement, après plusieurs tentatives infructueuses de joindre l'agence de voyage qui avait émis mon billet d'avion, je parvins à contacter le bureau d'Air France à Pékin et je réussis, moyennant supplément, à faire modifier mon billet pour pouvoir rentrer à Paris le lendemain (j'étais désormais enregistré sur le vol A.F. 129 du lendemain matin). Je m'étendis sur le lit, épuisé, l'esprit vide, et je m'endormis presque aussitôt. Je ne sais pas combien de temps je dormis ainsi. Lorsque je me réveillai, le soleil entrait largement dans la pièce, il faisait lourd, je transpirais, j'étais tout habillé, ma chemise collait, je ne m'étais pas lavé depuis la veille, je n'avais pas enlevé mes chaussures. Je me rendis à tâtons dans le cabinet de toilette, et j'examinai mon visage

dans le miroir, inexpressif, les cernes, les paupières bouffies, le regard terne, voilé, encore endormi, les yeux couleur vieux gris, avec un éclat
métallique éteint, noyé dans le blanc presque lai-
teux de la cornée, qu'altéraient de petits vaisseaux
sanguins éclatés. Une rumeur indistincte de ville,
de bruit de moteurs et de klaxons diffus, parvenait
du dehors, assourdie par le double vitrage de la
chambre. Je me dirigeai vers la fenêtre, les carreaux étaient sales, barbouillés de poussière et de
crasse, de résidus de pollution urbaine qui
s'étaient comme incrustés dans le verre. Je regardais la rue en contrebas, la circulation matinale
de Pékin, les autobus dans les embouteillages, les
passants, étranges, lointains, qui semblaient se
déplacer davantage dans les brumes ouatées de
mon imagination que dans les rues réelles de
Pékin où ils se trouvaient. Depuis cette nuit,
depuis le coup de téléphone de Marie dans le
train, je percevais le monde comme si j'étais en
décalage horaire permanent, avec une légère dis-
torsion dans l'ordre du réel, un écart, une entorse,
une minuscule inadéquation fondamentale entre
le monde pourtant familier qu'on a sous les yeux
et la façon lointaine, vaporeuse et distanciée, dont
on le perçoit.

Après m'être douché (j'avais passé une chemise fraîche, et je me sentais un peu mieux), je quittai la chambre et allai frapper à la porte de la chambre de l'autre côté du couloir. Au bout d'un moment, Zhang Xiangzhi entrebâilla la porte, le regard méfiant, son téléphone portable à l'oreille. Il me fit entrer, sans un mot, me saluant du regard et me faisant signe d'aller m'asseoir sur le lit. La chambre était à peu près identique à la mienne, mêmes lits jumeaux, même papier peint, mêmes appliques et petites lampes à abat-jour, mais il y régnait déjà un désordre considérable, des vêtements reposaient partout, sur le dossier des chaises, sur le téléviseur, un pantalon par terre, une pile de tee-shirts propres posée sur le bureau à côté du plateau de thé dont on s'était servi, tasses en désordre et sachets usagés, affaissés, qui baignaient dans des petites mares de thé brunâtres. Des bruits d'eau se faisaient entendre derrière la porte du cabinet de toilette (Li Qi devait être en train de prendre une douche, je reconnus ses vêtements en désordre à côté de sa valise ouverte). Je venais à peine de m'asseoir sur le lit que la porte du cabinet de toilette s'ouvrit et Li Qi apparut dans un halo de tiédeur, une petite serviette de bain autour du corps, et une autre, plus grande, ample et moelleuse, nouée autour de ses cheveux. Elle me sourit et s'avança vers moi dans des effluves de shampooing et des exhalaisons de bain moussant, rajustant la minuscule serviette autour de sa taille pour mieux cacher sa nudité (mais, dès qu'elle la descendait sur ses hanches, elle dévoilait d'autant le contour de ses seins). Elle contourna une chaise où séchaient des chaussettes, et alla prendre une petite culotte dans sa valise, quelques grammes de tissu pâle qu'elle froissa dans le creux de sa main, avant de retourner en coup de vent dans le cabinet de toilette.

Li Qi finissait de s'habiller, elle repassa encore plusieurs fois pensivement dans la chambre, pour aller chercher une brosse dans sa valise, ou se sécher les cheveux devant la fenêtre. Zhang Xiangzhi nous avait proposé d'aller manger quelque chose dans un petit restaurant qu'il connaissait près de l'hôtel, et nous étions sur le point de quitter la chambre quand je surpris une scène troublante dans le miroir qui me faisait face. Li Qi était pratiquement prête, coiffée et les yeux maquillés, et elle était en train de ranger quelques papiers dans son sac à main, lorsque je vis Zhang Xiangzhi s'approcher d'elle discrètement le long du lit en évitant le cortège de serviettes humides et chiffonnées qui reposait par terre sur la moquette, et lui remettre la grande enveloppe en papier kraft qui contenait les vingt-cinq mille dollars en liquide que je lui avais donnée de la part de Marie lors de mon arrivée à Shanghai. Il l'avait fait sciemment dans mon dos, après s'être assuré que je ne regardais pas et que j'étais occupé à autre chose, et je ressentis un étrange malaise. Certes, il pouvait s'agir d'une autre enveloppe — mais j'en doutais, car je l'avais formellement identifiée, même couleur de papier kraft, même taille, même léger bombement du papier sous la pression des coupures —, et rien ne prouvait naturellement qu'elle contenait toujours les vingt-cinq mille dollars. Il pouvait, certes, avoir retiré l'argent et y avoir mis d'autres documents destinés à Li Qi. Sinon, pourquoi aurait-il remis cet argent à Li Qi, et à quoi était-il destiné ?

Le restaurant dans lequel nous conduisit Zhang Xiangzhi, à quelques rues de l'hôtel, au cœur d'une avenue passante et embouteillée, n'avait rien de chinois (il l'était, et ne cherchait nullement à le paraître davantage). Les murs étaient blancs, sans décoration ni breloques, laques ni palanquins, il y avait quelques tables rondes dans une vaste salle à manger qui s'étageait sur deux niveaux. Un jeune type en pantalon noir et chemise blanche, les manches retroussées, accueillit Zhang Xiangzhi à l'entrée, et nous guida vers une grande table ronde de la mezzanine, où il nous fit asseoir. J'avais pris place à côté de Li Qi, et je laissais traîner le regard sur un grand aquarium vide, qui venait d'être vidangé. Les poissons, provisoirement transvasés dans une rangée de seaux en plastique qui reposaient sur une table voisine, tournaient en rond dans les récipients jaunes en faisant des vaguelettes avec un faible bruit de clapotement. On pouvait suivre leurs trajectoires en transparence à travers les parois crème des seaux. L'aquarium, vide et asséché, dans lequel étaient enroulés des tuyaux d'arrosage, reposait sur une sorte d'armoire coffrée largement ouverte, dans laquelle apparaissaient une bombonne de gaz et un dédale de tuyaux rouillés entre les coudes desquels s'activait la silhouette singulièrement contorsionnée d'un homme accroupi, la tête dans les épaules, et les bras dans les tuyaux, qui s'escrimait à fixer, ou desceller, quelque chose avec un tournevis. Le type, sous l'aquarium, que je continuais d'observer distraitement pendant que Zhang Xiangzhi passait commande en consultant la carte, dévissa encore quelques boulons au-dessus de sa tête et, délivrant un ultime cran de sûreté, parvint finalement à soulever la trappe à deux mains, avec précaution, et sa tête apparut dans l'aquarium, soucieuse et contrariée (il inclina même les yeux à mon adresse pour me saluer quand nos regards se croisèrent).

Je ne mangeais presque rien, je n'avais pas faim. Je tergiversais, je piochais d'une baguette distraite de minuscules fragments de chair de poisson blanc, que j'accommodais de minuscules quantités de riz, que je peinais à déglutir. Je regardais Li Qi qui mangeait en face de moi de bon appétit et parlait chinois avec Zhang Xiangzhi, détendue, souriante, les gestes sûrs, les baguettes expertes. Tout occupés à leur conversation, ils ne me traduisaient presque plus rien, Li Qi m'avait simplement fait savoir qu'elle serait occupée aujourd'hui toute la journée et que c'est Zhang Xiangzhi qui me ferait visiter Pékin. De temps à autre, continuant à parler et à se resservir de thé, déposant le couvercle à l'envers sur la théière quand elle était vide pour redemander de l'eau chaude, ils faisaient tourner légèrement le grand plateau circulaire de la table pour mettre tel ou tel plat à la portée de leurs baguettes et picorer ici un morceau de poisson, là un fragment de porc épicé, qu'ils posaient un instant dans leur bol avant de le porter à la bouche. Je regardais le plateau tourner ainsi sous mes yeux, et, de la même manière que la perception que j'avais de la table se modifiait à chaque fois qu'ils déplaçaient le plateau — alors que les plats restaient immobiles sur leurs bases et que leurs positions relatives sur la table ne changeaient pas —, il m'apparut qu'un changement de perspectives était également en train de se dessiner dans les relations que nous entretenions tous les trois depuis la veille, et que de nombreuses questions qui m'étaient apparues jusque-là mystérieuses — en particulier pourquoi Zhang Xiangzhi nous avait accompagnés à Pékin —, s'éclairaient maintenant d'un jour nouveau et pouvaient même trouver une explication rationnelle des plus simples, à mesure que je comprenais mieux — ou croyais mieux comprendre, car bien des choses continuaient de me demeurer obscures — la situation. Ainsi, venais-je de comprendre que, si Zhang

Xiangzhi nous avait accompagnés à Pékin lors de ce voyage, ce n'était pas pour quelque hypothétique raison malveillante ou machiavélique, mais tout simplement parce que Li Qi avait dû lui demander de venir pour me tenir compagnie et me faire visiter la ville pendant qu'elle-même serait occupée (de sorte que ce que j'avais pris pour de la désinvolture de la part de Li Qi, voire de l'inconséquence, devait au contraire être pris comme une délicate attention). De même, la présence permanente de Zhang Xiangzhi à mes côtés depuis que nous avions quitté Shanghai, que j'avais d'abord accueillie avec méfiance, voire jalousie, dans une sorte de mesquine étroitesse de vue qui ne m'avait fait voir en lui qu'un fâcheux qui contrariait mes desseins, devait sans doute également être lue comme une marque de générosité et de prévenance à mon égard. Et il m'apparut alors en les regardant manger en face de moi que, chaque fois que l'un ou l'autre déplaçait le plateau pour rapprocher un plat de ses baguettes, il composait en fait une nouvelle figure dans l'espace, qui n'était en vérité porteuse d'aucun changement réel, mais n'était qu'une facette différente de la même et unique réalité. Et, tendant le bras pour me mettre moi aussi de la partie, je saisis le bord du plateau et le fis tourner lentement entre nous au centre de la table en me demandant quel serait le nouvel agencement de la réalité qui nous serait alors proposé — car je n'étais peut-être pas au bout de mes surprises.

Le plateau s'était arrêté, et, regardant devant moi les plats disposés sur la table dans les différents raviers, le porc haché aux piments, les rognons, le poisson décharné dont ne subsistait que l'arête, les langues de canard qui marinaient dans un reste de sauce brunâtre, entières, complètes, qui avaient dû être prélevées dans leur totalité depuis le fond de la gorge des canards et partaient du larynx pour s'élargir et devenir effilées à leur extrémité, j'eus soudain un haut-le-cœur en associant fugitivement une de ces petites langues mortes à la langue de Li Qi — et cette image effrayante, que, sitôt apparue, je cherchai à chasser, vint ternir et comme envenimer le souvenir de douceur et de tendresse passées que j'avais gardé du contact réel de la langue de Li Qi dans ma bouche cette nuit dans le train, et, à ce souvenir pourtant délicieux, se substitua alors une sensation de dégoût, d'horreur, de révulsion physique, la sensation concrète et presque gustative d'avoir eu cette nuit dans la bouche, meuble et qui s'enroulait voluptueusement autour de ma propre langue, une de ces petites langues de canard effilées couleur rose brunâtre piquetées de papilles gustatives blanches et rêches.

L'après-midi, comme convenu, Zhang Xiangzhi me fit visiter Pékin. Il avait établi un programme de visites qui comportait deux temples, qu'il avait choisis, je crois, moins pour leur intérêt historique ou religieux, que pour leur précieuse situation géographique au nord-est de la ville et la remarquable proximité qu'ils marquaient l'un et l'autre avec la station de métro *Yonghegong*, près de laquelle, vers dix-sept heures, je le compris plus tard, il avait un rendez-vous. Tout au long de cet après-midi caniculaire, il me guida donc dans des rues pittoresques qui avaient le principal mérite de se trouver au voisinage du métro *Yonghegong*, dans un périmètre extrêmement réduit de quatre rues, borné au sud par *Dongzhimennei Dajie* et au nord par *Andingmendong Dajie* (remontant au plus loin à la station de métro *Anding Men*, repère septentrional extrême, avant de faire demi-tour pour revenir sur nos pas dans les mêmes rues ombragées). Nous arpentions ainsi ensemble ce petit kilomètre carré de ville non dépourvu d'agréments, si ce n'est d'intérêt. Maussade et les mains dans les poches, il traînait des pieds à mes côtés dans des rues bordées de cyprès centenaires sans se départir d'une expression de morosité bourrue. En principe, il ne disait rien, ne commentait rien, mais parfois, s'acquittant comme à contrecœur de son rôle de cicérone tacite, il soulevait le bras en direction d'un vieux portique de bois à la peinture écaillée et me le faisait admirer au passage, en marmonnant dans un anglais éteint que la rue que nous empruntions était une des dernières à Pékin à compter quatre portiques (je hochais la tête, et nous en restions là pour le commentaire touristique). À côté de cet accablement foncier, que décuplait encore la chaleur de l'après-midi, il faisait montre d'une gentillesse continuelle et me gratifiait de mille petites attentions muettes. Depuis la veille, il avait pris en charge la totalité des frais d'hôtel et de restaurant et se montrait prévenant dans les moindres détails, il rinçait au thé brûlant tous les verres et les bols que j'utilisais avant de me faire boire, je ne pouvais faire mine de poser mon sac à dos par terre qu'il ne bondissait pour s'en emparer comme d'un objet trop précieux pour être mis en contact avec le sol crasseux de la Chine et le posait à côté de nous sur le moelleux ou le velours d'un siège, il me protégeait des éventuels importuns qui voulaient m'adresser la parole ou essayer de me vendre quelque brochure touristique et chassait les mendiants qui venaient à ma rencontre (d'un geste las, il écartait même les moustiques devant mon visage). Parfois, me précédant sur des trottoirs déserts écrasés de chaleur, il me faisait entrer dans un des innombrables magasins de souvenirs et d'objets de culte bouddhique alignés tout au long de *Yonghegong Dajie*, où l'on pouvait se procurer toutes sortes de bougies et de multiples variétés d'encens, roses, pourpres, violets ou amarante, en cônes, en bâtonnets ou en serpentins. Il me laissait faire mon choix dans les rayons, préférant m'attendre à la caisse, où, accoudé au comptoir, un mouchoir à la main, je le voyais échanger quelques mots avec les vendeuses en se laissant baigner le visage sous les pales bienfaitrices d'un ventilateur qui tournait sur le vieux comptoir en bois en brassant dans le magasin un air tiède et confiné. Je sentais qu'il ne m'accompagnait dans ce périple touristique que pour m'être agréable et qu'il ne s'intéressait en rien à ce que nous visitions. Son inintérêt, en somme, n'avait d'égal que mon indifférence.

Au sortir du magasin (je n'avais rien acheté, mais cela ne parut même pas l'affecter), nous reprîmes notre route dans ces longues rues ombragées qui m'étaient devenues familières. Je le suivais sur la terre desséchée d'un trottoir poussiéreux, laissant traîner mon regard sur quelque vieille façade, mur gris et granuleux où des slogans effacés par le temps restaient encore partiellement lisibles, quoique indéchiffrables. La grille du bâtiment était ouverte, école ou bureau de poste, et un vieil homme en veste de coutil était assis à l'ombre sous une petite fenêtre à barreaux, un chapeau de paille sur la tête. Nous longions d'épaisses murailles d'enceinte, derrière lesquelles apparaissaient les tuiles vernissées d'un paisible sanctuaire excentré, comme à l'écart du monde. Zhang Xiangzhi m'avait précédé à la caisse pour acheter des billets, et nous étions entrés dans le temple, nous nous promenions dans un ensemble de cours et de jardins silencieux et déserts, où régnait une atmosphèrc de recueillement. J'avais été m'asseoir sur le rebord arrondi d'un bassin de pierre, qui avait dû contenir de l'eau et des feuilles de lotus en suspension, mais qui, pour l'heure, était vide, la pierre nue et grise, tarie, comme asséchée sous le soleil brûlant. Nous étions seuls dans cette cour abandonnée, séparés l'un de l'autre par une vingtaine de mètres. Il n'y avait pas un coin d'ombre, pas un souffle de vent, seulement le soleil écrasant, lourd et vertical, invisible dans l'omniprésente lumière blanche du ciel. Les tortues de pierre demeuraient impassibles dans la cour, morphologies minérales et têtes reptiliennes qui luisaient dans la fournaise. Le temps paraissait arrêté, semblait ne pas couler, mais se figer sur place, immobile, dans les émanations presque visibles de la chaleur.

La chaleur enveloppait mon corps et engourdissait mon esprit, des gouttes de transpiration me coulaient sur les tempes et dans le cou. J'ouvris mon sac à dos à la recherche d'un mouchoir et je tombai sur le petit cadeau que Li Qi m'avait offert la veille à la gare et que je n'avais pas encore ouvert. Je l'ouvris sur le bord du bassin, défis les diverses enveloppes superposées de l'emballage et je découvris un flacon de parfum, carré, en verre épais, qui contenait un liquide aigue-marine lumineux et transparent, sur lequel étaient tracées trois lettres aux allures de chiffres romains apocryphes : BLV. J'examinai plus attentivement le flacon et lus : *Eau de parfum Vaporisateur Natural Spray 0,86 fl.oz.* C'était dérisoire, et même un peu cruel, de découvrir ce parfum maintenant, mais je ne pus m'empêcher d'être ému à la pensée que, la veille, à Shanghai, avant de me retrouver, Li Qi était entrée dans un magasin avec l'idée de me faire un cadeau (et je ressentis alors ce plaisir si particulier de savoir qu'on existe dans l'esprit de quelqu'un, qu'on s'y meut et y mène une existence insoupçonnée).

Je penchai le flacon pour me vaporiser un peu d'eau de toilette sur la main et la portai à ma narine. Dans un pincement de cœur, je reconnus alors l'odeur de Li Qi, l'odeur de sa peau et du creux de son cou — et j'éprouvai un sentiment de bonheur très douloureux. Je relevai les yeux vers Zhang Xiangzhi, mais il n'avait rien remarqué, il téléphonait de l'autre côté de la cour, adossé à une balustrade de pierre blanche. Je n'avais pas bougé, mais j'avais machinalement dissimulé le flacon dans le creux de ma main. Je tournai la tête, il n'y avait personne autour de moi. Au loin, des ouvriers étaient en train de fixer des dalles dans un rectangle de terre brune balisé de piquets et de cordelettes devant une pagode en travaux couverte d'échafaudages. Je continuais de regarder autour de moi, le flacon caché dans le creux de ma main, dont il épousait exactement la forme. Je faisais mine de m'intéresser à l'agencement des jardins et à l'architecture du temple, et, quasiment sans bouger, toujours assis sur le rebord du bassin, je fis passer mon bras derrière mon dos et déposai discrètement le flacon au fond du bassin vide, le calai contre le montant de pierre et l'abandonnai là. Je me relevai aussitôt, m'éloignai vers le fond de la cour, en ajustant mon sac à dos sur mon épaule comme si de rien n'était. Je contournai la cour, et me dirigeai vers un pavillon en retrait, dans lequel j'errai quelques instants parmi des stèles en marbre noir aux allures de pierres tombales sur lesquelles étaient gravés des filaments déliés de calligraphies impériales, avant de quitter les lieux, chassé par la chaleur étouffante qui régnait sous la structure de verre. Lorsque je reparus dans la cour, elle était déserte, Zhang Xiangzhi avait disparu, il n'y avait plus personne le long de la balustrade où il téléphonait quelques instants plus tôt. Je me dirigeai vers la sortie, traînai quelques instants dans une minuscule boutique de souvenirs où l'on vendait des cartes postales poussiéreuses. Lorsque je ressortis, je cherchai Zhang Xiangzhi des yeux, et je l'aperçus au loin, qui revenait vers moi dans un chemin dallé bordé de cyprès. Il me rejoignit sous le portique, et je ne le vis qu'alors — dans un éclat de bleu liquide qui étincela au soleil —, il avait le flacon de parfum à la main. *Don't fuck that*, me dit-il en me le rendant, et il eut un sourire de satisfaction ambigu.

Dans la rue, il hâta le pas (tout d'un coup, il parut pressé), nous traversâmes une artère très animée, perdus un instant au cœur de la circulation, arrêtés, freinés dans notre élan, passâmes quelques rues commerçantes, où nous nous frayions difficilement un chemin dans la cohue, puis nous bifurquâmes dans une ruelle étroite, n'excédant pas la largeur des épaules d'un humain. Je le suivais entre de hauts murs gris le long desquels courait une rigole, et nous commençâmes à nous enfoncer dans un quartier de hutongs et de venelles tortueuses, de maisons basses et de cours intérieures, de patios délabrés où, entre les ruines et les gravats, se faufilaient quelques herbes interstitielles. Nous entrâmes dans une cour déserte, pas un carré d'ombre, un transat en vieille toile isolé en plein soleil et des portières de voitures désossées contre le mur, quelques pare-chocs, une pile de pneus de camion. Un atelier s'ouvrait au fond de la cour, et Zhang Xiangzhi alla passer la tête à la porte, je l'entendis appeler à plusieurs reprises. Au bout d'un moment, le patron apparut, lentement, en combinaison de mécanicien orange, la fermeture à glissière descendue jusqu'au nombril, le visage taché de graisse, un peu chauve, le front ridé, un mégot entre les lèvres, méfiant, pas commode. Il me dévisagea sans un mot quand Zhang Xiangzhi me présenta, et nous fit entrer dans l'atelier. Au fond du hangar, dans l'ombre moite puant l'huile chaude, deux mécaniciens jouaient au baby-foot en tongs, les pieds dans la limaille, tandis que quelques types en bermudas à fleurs s'activaient sous une voiture qui avait été surélevée (une voiture occidentale neuve, une grosse BMW noire aux vitres teintées, qui détonnait un peu dans le décor). Le garagiste se dirigea vers un établi de bois chargé d'outils et dévissa le couvercle d'un thermos pour nous servir à chacun un verre de thé de bienvenue, très léger, à peine coloré (je le fis tourner dans mon gobelet et bus une gorgée, me rendant compte que c'était de l'eau, ni plus ni moins que de l'eau chaude). Il continuait de parler en chinois à Zhang Xiangzhi, qui approuvait ses dires d'un hochement de tête, en regardant de temps à autre le fond de son gobelet. Le garagiste fit venir un de ses apprentis, un petit jeune de quinze, seize ans, qui nous guida dans un hangar annexe, deux rues plus loin, retirant un imposant cadenas neuf en laiton étincelant d'une vieille porte en bois écaillée et vermoulue et nous introduisant dans une remise au plafond voûté, très sombre et surchauffée, sans air, sans lucarne, dans laquelle était entreposée une collection de motos. Zhang Xiangzhi déambulait entre les motos, il y avait de tout, des vieux modèles, chinois, soviétiques, des vieilles anglaises, des motos neuves, japonaises, rutilantes, des occasions, de toutes cylindrées, des épaves, des motos sans roue, des châssis décharnés (et même une vieille machine à coudre Singer, noire, à pédales, qui ne devait pas dépasser le vingt à l'heure en descente). De temps à autre, il en touchait une, tournait un guidon, passait la main sur le cuir élimé d'un siège, s'accroupissait pour examiner attentivement un moteur, grattait de l'ongle le vernis d'une peinture. Il finit par s'emparer d'une vieille Norton, avec un phare rond et une plaque d'immatriculation chinoise fixée sur l'épais garde-boue incurvé. La moto, le réservoir bombé, d'un rouge bordeaux qui tirait sur l'acajou, semblait avoir été retapée récemment, quelques pièces avaient été changées, la fourche n'était pas d'origine, ni la selle, en skaï noir, rebondie, allongée. Nous quittâmes la remise, Zhang Xiangzhi poussant la moto à côté de lui dans la rue.

Il confia la moto à l'apprenti devant l'entrée de la cour et alla retrouver le garagiste dans l'atelier, qui nous fit passer dans ses bureaux, une pièce vitrée délabrée, les carreaux cassés et quelques vieux sièges à roulettes zébrés de chiures de mouches, le sol huileux, glissant, une table métallique chargée d'un désordre de vieux journaux, de pinces, de tournevis et de chiffons, qu'il fit partiellement glisser par terre d'un revers du bras pour y poser un ordinateur portable extra-plat gris titane. Pendant que Zhang Xiangzhi, assis sur un tabouret, paraphait un contrat sur ses genoux, le garagiste, le regard concentré et tendu, penché sur l'ordinateur qui scintillait dans la pénombre, cliqua sur le trackpad pour cocher une case sur l'écran. S'ébrouant alors dans la torpeur ambiante, tel un chat réveillé dans sa sieste, une imprimante, jusque-là invisible, qui sommeillait par terre dans la pénombre entre un tas d'outils rouillés et une vieille caisse rouge et noire de bougies Champion, se mit à délivrer lentement, trait par trait eût-on dit, dans les règles de l'art, une page entière d'idéogrammes. Évitant de s'emparer de la page imprimée avec ses doigts noirs de crasse, il alla prendre un tournevis pour soulever la feuille, la recueillir précautionneuse-ment et la présenter ainsi à Zhang Xiangzhi, qui s'en saisit nonchalamment et jeta un coup d'œil dessus, avant de la plier en quatre et de la ranger dans sa poche. Était-ce un document relatif à la moto, acte de vente, reçu, certificat de location, assurance, je n'en avais aucune idée. Toujours est-il que Zhang Xiangzhi s'était approprié la moto. Avant de prendre congé, le garagiste lui confia un vieux casque, blanc, court, sale, épais, avec une minuscule visière, et nous quittâmes l'atelier pour aller rejoindre l'apprenti, qui était en train de briquer le réservoir de la moto avec une peau de chamois devant l'entrée de la cour. Zhang Xiangzhi échangea quelques mots avec lui, monta en selle et mis le contact. Les deux mains sur le guidon, il accélérait déjà sur place dans des vapeurs de gaz d'échappement noirâtres et nauséabonds. Il me tendit le casque et me dit de monter derrière lui. À peine me fus-je installé sur la moto qu'il se retourna et me reprit le casque des mains en m'expliquant que c'était plus prudent qu'il mette le casque lui-même si nous étions arrêtés par la police (oui, et en cas d'accident aussi). Il l'ajusta sur sa tête en nouant avec soin la lanière jugulaire.

Nous nous étions mis en route, très lentement, dans la poussière de la ruelle, évitant les gravats et les ornières, les grosses pierres isolées ou les amas de briques qui bloquaient le passage. Je me tenais derrière lui, et je sentais le déséquilibre permanent de la moto en raison de la vitesse très limitée que nous devions maintenir parmi les nombreux piétons que nous croisions, les constants infléchissements de direction qu'il imprimait parfois brusquement au guidon pour éviter l'imprévisible écart d'un enfant pieds nus qui traversait la rue en courant ou de quelque vieillard au pas, que nous frôlions de justesse. Ici et là des poules se dispersaient sous nos roues, qui fuyaient dans des hérissements de plumes et allaient se réfugier en caquetant entre les jambes de joueurs de mah-jong, installés autour d'une table basse sur le perron d'une boutique d'oiselier, où des cages de toutes tailles, pépiantes et roucoulantes, tombaient en grappes d'osier le long de la porte et des fenêtres. Nous avancions ainsi au gré des cahots du revêtement, suivant de longues allées de simple terre battue bordées de minuscules étals, parcourant d'étroites ruelles encombrées de marchands ambulants, qui nous bloquaient le passage avec leurs charrettes à bras bancales qui croulaient sous des amas de fruits et de légumes, avant de déboucher sur une grande avenue, où nous mîmes un instant pied à terre — contemplant le flux très dense et le bouillonnement tumultueux de la circulation de Pékin, comme si, après avoir navigué longtemps au gré de minuscules canaux, nous atteignions soudain la grande mer — avant de nous jeter nous aussi

90

dans le courant d'un puissant coup d'accélérateur et de nous laisser entraîner parmi les bus et les taxis en prenant de la vitesse dans le flux continu de voitures qui descendaient les grandes artères de Pékin vers le sud.

Nous nous faufilions entre les véhicules pour glisser le long de ronds-points embouteillés et accélérions encore, suivions à toute allure, le visage au vent, d'interminables lignes droites bordées de blocs d'habitation en mauvais carrelage blanc, parfois de simple béton brut, couleur sable ou vieux plâtre, centres administratifs et bâtiments officiels sur lesquels veillaient des militaires en faction, quand je vis soudain apparaître sur ma gauche le monumental portrait de Mao au-dessus de l'entrée de la Cité interdite, et, fugitivement, dans le même mouvement fuyant de la moto qui nous emportait, les fameuses enceintes roses du Palais impérial que nous étions en train de longer, en même temps que Zhang Xiangzhi, devant moi, qui continuait de conduire la moto sans ralentir, lâchait un instant le guidon pour m'indiquer l'édifice du bras en me criant : *Gugong, Gugong !*, tout en levant le pouce en l'air dans le vent pour témoigner sans doute en quelle haute estime il tenait le monument (et m'en conseiller par là même, en quelque sorte, implicitement, la visite), et que moi-même, cramponné à son dos et la vue gênée par un vieil autobus vert et jaune qui était en train de nous dépasser, je me retournais pour apercevoir une dernière fois l'enfilade de toits en pagode de la Cité interdite qui disparaissait déjà au loin (ainsi en fut-il ce jour-là de ma visite de la Cité interdite : j'eus à peine le temps de la reconnaître que nous l'avions déjà dépassée).

La légère nappe de brouillard rose qui enveloppait la ville se fondait à l'horizon dans des brumes de pollution noirâtres. Assis à l'arrière de la moto, je sentais une âcre odeur de ville flotter dans le vent chaud qui m'arrivait au visage. L'air ne s'était pas renouvelé de la journée et était encore chargé de toute la chaleur accumulée par les murs et le bitume, par la chaussée et la pierre des bâtiments, comme si l'atmosphère avait conservé la mémoire thermique de cette journée caniculaire, et que, dans l'oxygène raréfié, s'étaient fossilisés des sédiments de fumée noire, de gaz d'échappement et de poussière. Je ne sais plus exactement quand je compris — ou plutôt pressentis, car ma connaissance de la géographie de Pékin était des plus sommaires — que nous ne prenions pas le chemin de l'hôtel, qu'il était même impossible que nous débouchions encore sur l'hôtel à présent. Nous suivions une bretelle d'autoroute dans une lumière de plus en plus sombre, de plus en plus nocturne, filant vers un ciel ensanglanté à l'horizon, où le rose devenait rouge et le gris devenait noir, croisant alors les premiers phares des voitures dans la pénombre de cette autoroute où les véhicules semblaient s'estomper entre chien et loup, dans ce qui n'était pas encore la nuit, mais les derniers feux exténués de la journée. Zhang Xiangzhi ne m'avait rien dit, ne m'avait rien expliqué, et je me laissais encore une fois porter par les événements sans rien dire. Je ne sais pas si nous avions quitté Pékin, les paysages avaient quelque chose de ces zones indistinctes qu'on trouve aux abords des aéroports, zones industrielles et vastes étendues d'entrepôts qui se déploient à la périphérie des villes, avec des milliers de lumières que je voyais apparaître au loin dans la lumière crépusculaire, phares blancs de voitures immobiles bloquées dans les embouteillages ou feux rouges des avions en phase d'approche au-dessus de pistes invisibles. Nous avions quitté l'autoroute, et suivions à faible allure une large artère urbaine de nouveau animée, avec des concentrations d'immeubles et des tours d'habitation, des grandes cours protégées par des barrières et des guérites vitrées de gardiens en uniforme. Zhang Xiangzhi ralentit encore et prit sur la droite, s'engagea sur un immense parking où des enseignes tapageuses clignotaient dans la nuit comme des feux de détresse, certaines en caractères chinois, blanches et vertes, d'autres en anglais, roses, bleues, rouges, qui annonçaient des karaokés et des boîtes de nuit, un bowling et des restaurants sur plusieurs étages. Une enseigne démesurée parachevait l'ensemble, qui trônait sur les toits et semblait baptiser le complexe de son nom féerique en lettres de néon roses, LAS VEGAS, que soulignait un double éclair en tubes bleus fluorescents qui semblait zébrer la nuit d'un coup de fouet silencieux et cinglant.

Zhang Xiangzhi gara la moto sur le parking. Un groupe de jeunes gens bavardait devant l'entrée souterraine du bowling, qu'illuminait un arc d'ampoules jaunes, il y avait là des filles en minijupes en cuir, maquillées et les cheveux auburn, des gars en tee-shirts blancs cintrés et blousons en daim ultra fins, les pouces dans les poches, qui

94

nous regardèrent descendre de la moto et passer à côté d'eux en nous suivant des yeux de leurs regards aigus. Zhang Xiangzhi me dit qu'on allait retrouver Li Qi avant d'aller dîner. Nous nous engageâmes dans les escaliers et commençâmes à descendre. Il y avait encore des petits groupes de jeunes gens dispersés un peu partout dans la cage d'escalier, qui discutaient contre les murs ou assis en arc de cercle sur les marches. Les pistes de bowling se trouvaient au deuxième sous-sol, une quarantaine de pistes alignées de front dans une salle bas de plafond où le bruit continu des quilles qui tombaient était couvert par le brouhaha des exclamations et des conversations des joueurs et une musique disco tonitruante couplée à des lumières tournoyantes de boules argentées, de miroirs aux alouettes et de spots multicolores. Une enfilade de moniteurs vidéos suspendus au-dessus des pistes affichaient les scores en perpétuelle évolution des parties en cours. Zhang Xiangzhi se dirigea vers le bar, et s'assit de profil sur un tabouret, regarda les pistes au loin. Son visage était parcouru de reflets de lumières vertes et rouges qui traversaient son front comme des ondes éphémères. *Play bowling ?* me dit-il au bout d'un moment. Je fis oui de la tête, pensivement.

Play ? dit-il. *Yes,* dis-je. Je n'étais pas sûr d'avoir très bien compris ce qu'il voulait, mais peu importe, je dis oui : j'avais déjà joué, je voulais bien jouer.

Zhang Xiangzhi m'avait laissé seul pour aller réserver une piste. Le public était très mélangé dans la salle, jeune pour la plupart, qui fumait et se déhanchait debout devant des écrans géants qui projetaient en circuit fermé des images de compétitions de bowling asiatique entrecoupées de vidéoclips musicaux. Autour des bars se déployait une foule de jeunes gens qui s'agglutinaient le long des comptoirs pour passer commande et revenaient vers les pistes avec un fragile bouquet de gobelets en carton qu'ils protégeaient entre leurs mains. Ici et là, au bord des pistes, des petits groupes de jeunes filles saluaient bruyamment le coup d'éclat d'une des leurs et poussaient avec une joie égale de facétieux cris de désespoir si une boule anémiée qu'elles suivaient des yeux avec des rires d'effroi stridents et enchantés finissait sa course dans la rigole (en laissant une jeune fille toute seule accroupie sur la piste, les deux mains devant la bouche). Quelques pistes, au fond de la salle, étaient réservées à des joueurs plus expérimentés, garçons et filles qui avaient leur propre matériel dans des sacs de bowling entrouverts derrière eux, chaussures et boules personnelles, pantalon noir et liquette prune rehaussée d'un nom de marque, certains avec un gant ajouré, en cuir clair, qui laissait les doigts dégagés à la manière d'une mitaine, ou un soutien de poignet, petit bracelet en épais cuir noir pour maintenir l'articulation au moment du lancer. Avant de jouer on les voyait essuyer longuement leur boule dans un chiffon sec, puis aller se placer sur la piste et se concentrer avant de prendre leur élan, s'incliner très près du sol et lancer en donnant beaucoup d'effet de rotation à la boule, qui partait complètement sur la gauche avant de revenir brusquement au centre de la piste pour abattre toutes les quilles dans un fracas de strike.

Au bout de quelques minutes, Zhang Xiangzhi vint me rechercher, me dit qu'une piste allait se libérer pour nous, et nous allâmes échanger nos chaussures aux vestiaires, où était affichée une vieille publicité en anglais aux allures d'injonction absurde (ou métaphysique) : BORN TO BOWL. Je posai mes chaussures sur le comptoir et reçus en échange une vieille paire de chaussures de

bowling en cuir beige crème, souples et craque-
lées, le talon noir et les parements latéraux bordeaux, la semelle lisse comme une joue. Alors que
Zhang Xiangzhi avait choisi avec soin la boule de
bowling avec laquelle il allait jouer, allant inspec-
ter toutes les boules disponibles sur les différents
râteliers, hésitant et se retournant pour en essayer
une dernière, avant de se décider pour une de ces
boules fantaisie en matériau composite noir et vert
qui avait des allures de chewing-gum longtemps
mâché et mélangé, j'avais simplement soupesé
pensivement deux ou trois boules sur le rail de
notre piste, avant d'en prendre une qui paraissait
convenir. Mais, au moment de jouer pour la
première fois, je fus soudain envahi par un sentiment de lassitude et de découragement. Je me
tenais debout, immobile sur la piste, la boule à la
hauteur du menton, et je regardais les quilles
devant moi, mais je ne parvenais pas à m'élancer,
incapable de mettre en relation mon regard et le
mouvement du bras que je projetais d'effectuer,
de les connecter l'un à l'autre, et, demeurant là
indécis, paralysé, les jambes sans force que je sentais faiblir et flageoler sous moi à mesure que je
restais immobile sur la piste, la boule de plus en
plus lourde dans ma main, je ne voyais plus de

manière de m'en sortir, et je serais peut-être resté encore longtemps ainsi, ou aurais-je fini par renoncer, me serais-je retourné et aurais-je été me rasseoir sans jouer, si je n'avais entendu dans mon dos, avec une nuance d'agacement, puis d'ordre, de commandement, à la fois sévère et excédée, la voix de Zhang Xiangzhi qui me cria : *Play !*

J'avais complètement raté mon premier lancer (et n'avais pas réussi beaucoup mieux les suivants). Zhang Xiangzhi accumulait les points avec une régularité silencieuse et bougonne, un style plat et efficace, sans fioritures, sans beaucoup d'effet dans le jeu, lancer droit et puissant, abattage régulier. Il n'y avait aucune recherche de concentration dans son jeu, mais de la force pure et de l'instinct. Nous ne parlions pas, nous n'avions pas échangé un mot depuis le début de la partie. Je jouais et j'allais me rasseoir, j'attendais, je le regardais jouer. Je ne pensais à rien d'autre qu'à la partie, le prochain lancer, la prochaine boule dans les quilles. Depuis que je jouais, j'étais transporté dans un autre monde, un monde abstrait, intérieur et mental, où les arêtes du monde extérieur semblaient émoussées, les souffrances évanouies. Peu à peu s'était tu autour de moi le turbulent vacarme de la salle, le tumulte de la musique et la vaine agitation des joueurs. J'étais seul sur la piste, ma boule à la main, le regard fixé sur l'unique objectif du moment, ce seul endroit du monde et ce seul instant du temps qui comptaient pour moi désormais, à l'exclusion de tout autre, passé ou à venir, cette cible stylisée que j'avais sous les yeux, géométrique, et par là même indolore — car la géométrie est indolore, sans chair et sans idée de mort —, pure construction mentale, rassurante abstraction, un triangle et un rectangle, le triangle des dix quilles blanches et rouges bombées que j'avais sous les yeux et le rectangle de la longue allée de bois naturel presque blanc de la piste qui s'étendait devant moi, lisse et à peine huilée, comme une invitation à lancer la boule et la regarder rouler en silence, au ralenti, la suivre, l'accompagner et la porter en esprit au bout de la piste en ne pensant plus à rien, et plus même à la mort du père de Marie, avec l'esprit se détournant enfin de la pensée de la mort du père de Marie — cela faisait plus de vingt heures maintenant que j'attendais ce moment de ne plus penser à la mort du père de Marie — la boule qui continuait de rouler et allait se fracasser dans les quilles en les renversant toutes en me procurant un bref, et violent, spasme de jouissance.

Lorsque je me retournai, Li Qi était là. J'avais relevé les yeux, et je l'avais aperçue qui s'avançait le long du bar. Elle nous avait vus et se dirigeait vers nous pour nous rejoindre, elle portait un élégant sac en papier rose et gris à la main, elle avait dû faire des achats, un sac carré d'une grande marque de vêtement, les poignées blanches en papier renforcé, un nom de griffe indéchiffrable sur le flanc et de minuscules idéogrammes sur les côtés. Zhang Xiangzhi s'était levé pour aller à sa rencontre, elle lui avait donné le sac et il l'avait entrouvert — à peine, fugitivement, pour vérifier son contenu en le protégeant en même temps des regards extérieurs — et je perçus alors une expression de gratitude sur son visage, d'immense reconnaissance et presque de soulagement. Il lui dit quelque chose, et ils rirent, et je les vis arriver lentement vers moi en bavardant et s'arrêter au bord de la piste. Je les regardais, et je me demandai un instant rapidement ce qu'il y avait dans le sac. Zhang Xiangzhi le déposa sur un siège, le protégeant avec son casque de moto, et ce n'est qu'au bout d'un moment que je parvins à déchiffrer le nom qui barrait le flanc du sac, en lettres blanches enchevêtrées, avec les A latins en forme de deltas grecs : SAKURAYA (non pas une marque de vêtement comme je l'avais cru initialement, mais le nom d'une grande chaîne de distribution de produits électroniques japonais). J'avais salué Li Qi à distance, et nous avions repris la partie, Li Qi s'était assise avec nous dans le petit boudoir de sièges en plastique orange réservé aux joueurs en bordure de la piste et nous regardait jouer en silence. Nous venions de finir la première partie, et nous nous préparions à en commencer une autre, quand Li Qi se leva et se dirigea vers le bar, se retourna pour me demander de l'accompagner. Elle me le demanda sans passer par les mots, un simple regard légèrement appuyé entre nous, qui se prolongea un tout petit peu trop longtemps, mais sans rien d'ostensible, et néanmoins explicite, empreint de gravité et de douceur secrète.

Partout, en Chine, la nuit, sur les visages et les épaules, tombent des nappes de lumière verte, souvent crues et violentes, parfois douces et enveloppantes. Des petits néons publicitaires blancs et mauves en lettres arrondies de marques de

102

bière et d'alcool brillaient dans la pénombre du bar, au-dessus des étagères où s'alignaient des centaines de bouteilles d'alcool et de verres disparates. Li Qi avait pris place au bar sur un haut tabouret, et je l'avais rejointe, je demeurais debout derrière elle dans la pénombre. Elle était en train de commander un cocktail au barman (un cocktail spécifique qui semblait nécessiter des recommandations particulières, avec des dosages particuliers, de couleurs et d'alcools, des soupçons et des larmes, de vert, de blanc et d'ambre). Elle me tournait le dos, elle posa sa cigarette dans un grand cendrier publicitaire posé sur le comptoir et me tendit la main derrière elle. Son geste avait été absolument simple et naturel, et j'aurais pu le poursuivre avec le même naturel, la même simplicité, lui prendre la main et venir me placer à côté d'elle en commandant moi aussi un cocktail. Mais je n'avais pas bougé, et je regardais cette main immobile qu'elle m'offrait dans la pénombre, les doigts fins et le poignet incliné avec grâce.

Rien de plus que cette main tendue, mais mon cœur se mit à battre très fort. J'étais debout derrière elle, je ne voyais pas l'expression de son visage, je ne voyais que son profil dans la lumière verte d'une lampe de billard, la peau claire de son cou, où brillait l'éclat rond d'une minuscule pierre de jade. Elle ne m'avait pas regardé, elle ne s'était pas tournée vers moi au moment de me tendre la main (ni après, ni à aucun moment), elle continuait de parler au barman sans se préoccuper de moi, il y avait une parfaite dichotomie dans son attitude, son corps et son visage dirigés vers le barman (à qui elle continuait de s'adresser en chinois), et la main droite toujours tendue dans le vide derrière elle, offerte, immobile, obstinée, attendant que je la saisisse, que je m'en empare, mais je ne bougeais pas, elle savait très bien que j'étais juste derrière elle, à quelques centimètres de son épaule, elle sentait la présence invisible de mon corps dans son dos, et elle devait attendre que je lui prenne la main, mais j'étais incapable de bouger, je regardais fixement sa main sans bouger, à deux doigts de la prendre pour faire cesser la tension qui m'oppressait, de sentir le contact de sa peau contre ma paume et de m'abandonner à sa douceur — comme si l'abandon était la dernière attitude à laquelle je pouvais encore me vouer —, mais je ne bougeais pas, aussi buté qu'elle finalement, aussi entêté dans mon refus qu'elle dans sa persévérance, moi, immobile, figé et stupéfait, debout dans la pénombre verdâtre du bar, et elle, assise sur son tabouret, opiniâtre, royale, altière et presque indifférente — Marie, cela me sauta soudain aux yeux, c'était une attitude de Marie —, la main tendue vers moi derrière elle, au vu et au su de toute la salle de bowling.

Mais peut-être pas, peut-être la scène avait-elle échappé à tout autre que moi — et même à Li Qi elle-même, qui parut l'oublier aussitôt, et la faire disparaître comme on rembobine une image animée avant de l'effacer —, elle reprit sa cigarette dans le cendrier et ce fut comme s'il ne s'était rien passé. Nous regagnâmes la piste ensemble (nous échangeâmes même quelques mots en souriant, au sujet de la couleur lagon clair de son cocktail), et j'eus le sentiment — peut-être à tort — que Zhang Xiangzhi s'était rendu compte de quelque chose. Il m'attendait au bord de la piste, et j'allai me préparer à lancer. Mais, si, jusqu'alors, j'avais joué comme si la partie n'avait aucun enjeu, avec une concentration intense qui m'avait fait m'abstraire du monde pour en créer un à ma mesure dans le réconfort des lignes et la quiétude des angles, c'en était fini, je jouais pour gagner à présent, je jouais

pour battre Zhang Xiangzhi — et je le battrais, je
le sentais aux battements de mon sang. Il était
plus fébrile, d'ailleurs, depuis que j'étais revenu
du bar avec Li Qi. Entre les coups, il triturait
nerveusement la serre de dragon qui pendait à son
cou et se mordillait la lèvre en relevant la tête vers
l'écran du moniteur pour regarder le score de la
partie, il était moins confiant, à plusieurs reprises,
je le vis me regarder avec une froide perplexité,
comme s'il cherchait à percer à jour quelque
énigme derrière les traits impassibles de mon
visage. Depuis quelque temps, il avait même
commencé à jouer moins bien, à rater quelques
coups. Et ce n'était pas un hasard s'il faiblissait
précisément depuis que je lui tenais tête, que je
lui résistais, car la partie avait pris une allure de
duel maintenant, la présence de Li Qi entre nous
créait une rivalité à laquelle nous ne pouvions
nous soustraire, une émulation sulfureuse, un cli-
mat de violence froide et silencieuse auquel nous
ne pouvions échapper, Li Qi était devenue, que
nous le voulions ou non, l'intense enjeu symboli-
que de cette partie. J'ajustais mon regard sur la
cible en lui imprimant toute sa puissance — mes
yeux intenses alors, droits, tendus, que je vrillais
dans les quilles — et j'exécutais souplement un

long mouvement délié du bras dans l'ignorance de son accomplissement. L'union retrouvée du regard et de la main, le secret du geste juste. En tout, la précision, le reste n'est que pathos. Je venais de me lever pour jouer, Zhang Xiangzhi conservait encore un léger avantage dans la partie. Immobile sur la piste, je tenais la boule à la hauteur de mon visage, je pouvais l'effleurer des lèvres, je sentais la faible odeur d'uréthane qui émanait de la boule tiède. Je m'élançai en soulevant le bras derrière moi et lâchai la boule sur la piste, elle était bien partie, rectiligne et puissante, je la suivais des yeux, elle aborda la quille de tête en force et toutes les quilles s'entrechoquèrent, traversées par une onde d'énergie invisible, une seule quille, dans un angle, resta debout, qui trembla sous mon regard, vacilla, mais ne tomba pas. Le bras noir articulé de la machine descendit lentement sur la piste et le râteau récolta les quilles abattues.

Je ne m'étais pas retourné, nous n'échangeâmes pas un seul regard avec Zhang Xiangzhi. Je sentais qu'il m'observait, je sentais son regard dans mon dos. Je devais rejouer, il fallait impérativement abattre cette dernière quille, je savais que le sort de la partie en dépendait, et Zhang Xiangzhi le savait aussi bien que moi. Debout sur la piste, immobile, les yeux intenses, je fixais cette unique quille à l'extrême droite de la piste, je la fixais de toute la puissance de mon regard, et je respirais doucement, calmement, j'essayais de faire le vide dans ma tête, de détendre ma main et d'accorder ma respiration à l'instant qui passait, quand j'entendis soudain un bruit derrière moi — un bruit à peine audible, vibrant, répétitif, comme étouffé sous une épaisseur de tissu —, le bruit d'un téléphone portable qui résonnait dans la poche de la chemisette de Zhang Xiangzhi. Je me retournai, le cœur battant, déjà conscient que cette nouvelle sonnerie de téléphone était porteuse de drames et de désastres, et ce fut comme à travers un voile de rêve et de cauchemar que j'aperçus Zhang Xiangzhi extraire le téléphone de sa poche, puis, sans même que son visage se décomposât, sans même qu'il exprimât cet affaissement livide des traits sous l'effet de la douleur, de la surprise ou de la peur, il était déjà debout et se précipitait sur moi pour me casser la gueule — je ne sais pas, je ne comprenais pas ce qu'il me voulait —, les yeux éperdus, qui me tirait par le bras et m'entraînait hors de la piste. Dans la bousculade, je lâchai la boule, qui m'échappa des mains et tomba à mes pieds sur la piste, lourdement, dans le vacarme le plus tabou qui se pût imaginer dans une salle de bowling — c'était comme si elle venait de tomber sur le marbre d'une cathédrale et que le bruit du choc résonnait dans nos têtes, une résonance infinie qui emplissait chaque particule de l'air et le faisait vibrer jusqu'au plafond. Immédiatement, toutes les parties s'étaient interrompues autour de nous, les joueurs s'étaient retournés, et nous regardaient, figés, stupéfaits, leur boule à la main. Mais nous étions déjà loin, nous avions déjà quitté la piste, à peine avions-nous eu le temps d'attraper les sacs, moi mon sac à dos et lui le sac SAKU-RAYA et son casque de moto, et nous courions le long du bar, précédés de Li Qi qui nous criait de nous presser, nous courions à corps perdus dans la salle à travers les groupes de jeunes gens, qui s'écartaient pour nous laisser passer, en laissant derrière nous un sillage vide d'incrédulité et de stupéfaction, nous fuyions vers la sortie, passâmes en courant devant le vestiaire sans pouvoir échanger nos chaussures, et nous montâmes les escaliers quatre à quatre en chaussures de bowling, ralentis par des gens qui descendaient que nous heurtions en les croisant, bloqués, englués dans un attroupement de dîneurs qui attendaient au seuil d'un restaurant qui venait d'ouvrir ses portes au premier palier que nous fendîmes sans ménagement, les écartant du bras, les bousculant, le cœur battant, pour se frayer un passage. Zhang Xiangzhi était le plus rapide, qui se retournait sans cesse pour hurler des choses en chinois à Li Qi, ordres ou imprécations, en blottissant le sac rose et gris SAKURAYA contre sa poitrine, qu'il avait tordu et plaqué entre ses mains pour ne plus en faire qu'un tout petit sac d'à peine un litre de volume qu'il pouvait protéger plus efficacement, et je sus alors avec certitude, en le voyant protéger ce sac comme un enfant contre son sein, je sus alors avec une absolue certitude qu'il y avait là pour vingt-cinq mille dollars en liquide d'héroïne pure ou de cocaïne, de stupéfiant ou de matière toxique, quelque chose de blanc et d'ultra concentré, je ne pourrais dire poudreux, peut-être gluant ou même liquide — je ne l'aperçus que plus tard, et seulement un instant. Ce que je vis, alors — plus tard, ce que je vis de mes yeux, fugitivement — c'est un petit paquet compact pas plus grand qu'un paquet de farine, de matière blanche ou grise, compressée dans du plastique transparent.

Je ne sais comment il avait trouvé le moyen de mettre son casque dans les escaliers mais Zhang Xiangzhi était casqué quand nous arrivâmes en haut, la lanière pendant et battant contre son cou, le sac blotti contre sa poitrine, débouchant là tous les trois dans la nuit chaude, moite et brûlante, paniqués, essoufflés, sous les regards ébahis d'une vingtaine de jeunes gens répartis sous l'arc d'ampoules dorées de l'entrée. Nous nous éloignâmes sans reprendre haleine sur le parking enténébré. Nous courions vers la moto, garée dans la nuit, avec son réservoir bordeaux bombé qu'inondait la douche blanchâtre d'un réverbère et, comme si nous avions su de toute éternité ce qu'il fallait faire, l'avions su instinctivement, sans parler, sans rien dire ni se consulter, comment aurions-nous pu sinon y parvenir, à imbriquer nos corps, à les enchevêtrer aussi magiquement, en même temps que Zhang Xiangzhi courait à côté de la moto pour la faire démarrer et sautait dessus, Li Qi était montée derrière lui au vol et je l'avais suivie, et la moto était partie en nous emportant tous les trois dans la nuit, nous roulions déjà à toute vitesse sur le parking, Zhang Xiangzhi, redressé sur le siège, qui ne tenait le guidon que

111

d'une main, empêtré par le sac rose et gris SAKU-RAYA coincé dans son giron, entre son cou et son épaule, qu'il essayait de caler, finissant par ouvrir, déboutonner, puis, perdant patience, déchirer, les boutons supérieurs de sa chemisette, et glisser le sac dans l'ouverture béante ainsi ménagée, le faisant tomber jusqu'à son ventre, et le plaquant là, au chaud, contre son abdomen, pour le sentir remuer comme un être vivant, palpiter contre sa chair, pendant qu'il conduisait. Il se redressa sur la moto pour jeter un regard au loin, et je me retournai aussi, il y avait un attroupement aux portes du bowling, on voyait des gens entrer et sortir sous l'arc de lumière dorée de l'entrée, des silhouettes de jeunes gens et d'agents de sécurité, dont les visages baignaient dans les lueurs bleues électriques de l'enseigne LAS VEGAS, et je sentais mon cœur battre très fort dans ma poitrine, avec ce sentiment de peur pure et d'effroi, de panique d'autant plus effrayante et irrationnelle que je n'avais aucune idée de ce que nous étions en train de fuir ainsi éperdument.

Nous avions gagné l'autoroute, et nous roulions dans la nuit noire, sans autre repère que des traînées de phares qui surgissaient au hasard de tous côtés, derrière nous, devant nous, qui nous aveuglaient et nous capturaient un instant dans leurs faisceaux comme des lapins paralysés. J'avais l'impression que nous faisions du surplace sur l'autoroute, comme figés, pétrifiés, statufiés, arrêtés là dans cette position de recherche de vitesse vertigineuse, nos trois corps penchés en avant sur la moto, Zhang Xiangzhi en figure de proue casquée, courbé sur le guidon, les mains écartées sur les poignées, la poitrine aplatie et le ventre gonflé, le sac SAKURAYA qui faisait bosse sous sa chemise, Li Qi agrippée à son dos et moi me tenant à ses hanches, nos trois corps inclinés qui semblaient n'appartenir qu'à une seule créature tricéphale affolée et fuyante, aplatie sur cette vrombissante structure d'acier qui filait dans la nuit dans le rugissement ininterrompu du moteur, mais qui semblait ne pas vraiment s'éloigner des lieux que nous venions de quitter ni se rapprocher de ceux vers lesquels nous nous dirigions, paraissant rester sur place sous l'immense voûte céleste qui enrobait l'autoroute, le vaste dôme incurvé d'un ciel d'été intemporel, comme si nous n'avancions plus et que c'était seulement les lumières des phares qui bougeaient autour de nous, qui nous croisaient et venaient nous aveugler, des traînées vertigineuses de blanc ou de bleu électrique qui filaient dans la nuit et montaient au ciel en faisant vaciller l'horizon.

Nous nous mouvions dans la substance même de la nuit, dans sa matière, dans sa couleur, dans son air qui nous fouettait les joues et semblait nous frapper méthodiquement au visage, chaudement, continûment. Je serrais les hanches de Li Qi devant moi, je me plaquais contre son corps, ma poitrine contre son dos, je respirais l'odeur de sa peau qui allait se mêler à celle de la nuit chaude, et, plus je me serrais contre elle, plus je la sentais participer elle aussi à cette étreinte muette, clandestine et cosmique, d'abord comme ignorante de la promiscuité manifeste de nos corps sur la moto, trop absorbée par la furie du vent et l'urgence de la fuite. Des lueurs blanches glissaient en permanence à côté de nous le long de la route entre le ciel et la terre, le vaste ciel d'été semblable à l'univers ou à un paysage mental de phosphènes, scintillements de minuscules taches électriques rouges et bleues qui clignotaient, linéaments, pointillés et zébrures, et je finis par ne plus regarder la route, les arbres, les lignes blanches continues sur le sol, par ne plus regarder le ciel et les étoiles, j'avais pris la main de Li Qi et je la serrais dans la mienne, fuyant main dans la main dans la nuit dans cet instant immobile et sans fin.

Nous étions entrés dans Pékin, mais peut-être n'avions-nous jamais quitté Pékin, et ses multiples ceintures de périphériques circulaires, son vaste réseau autoroutier labyrinthique, et nous suivions une étroite voie rapide suspendue balisée de hautes glissières de sécurité par-delà lesquelles on apercevait des silhouettes de bâtiments éteints, de ponts et de parcs dans les ténèbres. Nous roulions en ligne droite, mais la moto était foncièrement déséquilibrée par nos poids accumulés, et Zhang Xiangzhi devait parfois la rattraper de justesse à la force des poignets, en s'agrippant fermement des deux mains au guidon pour conjurer les assauts du vent, qui nous chahutait par brusques rafales latérales et nous faisait zigzaguer un instant sur la chaussée. Parfois, dépassés en trombe par une camionnette bâchée, dont la toile, mal fixée, claquait dans la nuit comme une voile grise et hagarde, nous étions brusquement aspirés par son souffle et propulsés vers la glissière de sécurité, faisant alors une brusque embardée avant de reprendre péniblement notre trajectoire. Li Qi se penchait parfois en avant pour crier de brèves recommandations en chinois à Zhang Xiangzhi, qui ne l'entendait pas, et ses exclamations s'envolaient derrière nous dans la nuit, comme des implorations éphémères emportées par le vent.

Il y eut alors, venant de loin, et qui gagnait du terrain, l'émergence d'un son de sirène de police, encore lointaine, presque abstraite, qui se rapprochait de nous inexorablement, que nous entendions de mieux en mieux, qui grandissait dans l'air, et même de plusieurs sirènes de police, peut-être d'un convoi, et, essayant d'accélérer encore — mais la moto s'emballait dans ce surplace perpétuel, sollicitée au-delà de ce qu'elle pouvait donner et ne produisant rien de plus qu'un son étranglé de bécane trafiquée qui montait furieusement dans la nuit dans le vrombissement du moteur et les hurlements du pot d'échappement —, le bruit des sirènes fondait sur nous et nous rattrapait et je m'attendais à tout moment à voir surgir derrière nous la lueur bleutée d'un gyrophare, nous dépassant latéralement et aveuglant nos trois visages effarés dans la nuit. Nous quittâmes le périphérique pour échapper à nos poursuivants, freinâmes pour descendre la rampe d'accès d'un échangeur, mais les sirènes nous poursuivaient toujours, qui paraissaient se multiplier dans l'espace et provenir de partout à la fois, comme ces multiples voitures de police qui convergent à tombeau ouvert vers le théâtre d'un accident, et, alors que je m'attendais à voir le ciel sombre balayé par des éclairs de gyrophares bleus, ce fut un cortège de lumières rouges qui apparut soudain devant nous à la sortie du périphérique. Nous étions entrés dans une rue animée de restaurants de crabes et d'écrevisses, où des centaines de lanternes rouges en papier, rondes, froissées, froncées, brillaient aux devantures des restaurants, points lumineux qui paraissaient vivants, épars et torsadés, qui tremblaient le long des façades comme des feux follets, toutes ces lueurs éparses se fondant ensemble et paraissant accompagner notre fuite éperdue dans une immense traînée rouge continue. Nous filions à toute allure dans cette rue emboutéillée en essayant de nous fondre dans la circulation. La rue était à la fois animée et fantomatique, comme peuplée d'ombres et de chimères qui erraient en haillons sur les trottoirs dans une pénombre rougeoyante. Une voiture de police — la première que je vis réellement — apparut alors en face de nous, mais sans gyrophare, tous feux éteints, spectrale, le capot et les vitres noyés de reflets sombres et ses occupants invisibles à l'intérieur. Zhang Xiangzhi fut contraint de ralentir pour la laisser passer, brutalement freiné par un chien, blanc, squelettique et sans peau, qui traversa lentement la chaussée devant nous, et, serrant un peu plus fort la main de Li Qi dans la mienne tandis que nous passions lentement à côté de la voiture de police, je sentais physiquement sur la moto, dans les tourbillons de vent tiède qui m'arrivaient au visage, nos propres souffles corporels se disperser dans l'air comme une exsudation immatérielle de peur, un suintement de terreur froide qui se séparait de nous pour rejoindre le ciel ou se perdre dans la terre où ils se transformaient en ces démons de la religion populaire chinoise qui propagent la mort et les maléfices.

Nos corps, dans la peur, ne faisaient qu'un, soudés sur la moto dans le même élan de fuite, rassemblés dans la même direction, sursautant pour un rien et se retournant à contretemps pour guetter nos invisibles poursuivants. Nous avions repris de la vitesse et roulions de nouveau à vive allure dans une rue, quand Zhang Xiangzhi freina brusquement en mettant une jambe à terre, sa chaussure de bowling raclant l'asphalte dans une gerbe de gravillons, pila net et fit pivoter la moto, la roue arrière partant en dérapage contrôlé dans un affreux crissement de pneu qui dégagea instantanément une odeur de gomme calcinée et de caoutchouc brûlé qui se mit à puer autour de nous, escalada le trottoir, roula sur une dizaine de mètres à contre-courant sur un chemin de planches bancales et ondulantes et s'engouffra entre deux palissades dans un gigantesque chantier de construction éclairé dans la nuit par des arcs de projecteurs dans un ronronnement continu de groupes électrogènes. Nous dévalâmes une dune de sable gris, lentement, freinés, enlisés dans un profond sillon de sable et de gravier qui se creusait sous notre poids. Il n'y avait qu'une activité limitée dans le chantier, quelques grues à l'arrêt parmi des mares d'eau croupissantes aux reflets lunaires. Au loin, près des excavatrices arrêtées dans la pénombre, se dressaient des silhouettes de baraquements de chantier en préfabriqué, les portes ouvertes, quelques lumières jaunes aux rectangles des fenêtres. Nous roulâmes lentement parmi des engins de terrassement immobilisés dans des tranchées, reprîmes un peu de vitesse sur une longue dalle en béton plane. Personne ne semblait faire attention à nous, un petit groupe d'ouvriers étaient réunis au pied d'une dune autour d'un brasero, debout ou assis dans le sable, pieds nus ou bottés, casqués, qui se faisaient griller des brochettes dans des tourbillons d'épaisse fumée blanche et nous regardèrent passer avec indifférence. On ne s'occupait pas de nous, personne ne semblait vouloir nous rattraper ou nous poursuivre. Nous retrouvâmes un monde clair au sortir du chantier, des rues animées et des artères embouteillées, des cris, des klaxons, une effervescence de soirée estivale, la nuit était chaude et accueillante, on était attablé aux terrasses, des tables débordaient des cafés aux portes grandes ouvertes, on allait chercher des bières au comptoir et on venait les consommer dans la rue en arc de cercle sous un arbre, ou assis, par petits groupes, à même le trottoir, on aurait pu être n'importe où dans le monde, quand la ville encore engourdie de chaleur se remet progressivement des températures caniculaires de la journée et savoure le répit dans la tiédeur du soir, noces de l'été et de la ville, de la chaleur et de la nuit.

Nous débouchâmes là sans transition, encore
en mouvement, encore agités, encore en état de
choc, dans la fuite, dans le tremblement du
corps, dans l'urgence d'échapper, incapables de
se remettre, et de freiner, arrivant trop vite, trop
fort, trop brutalement, sur le trottoir, que nous
heurtâmes de plein fouet et chutant tous les trois
à la terrasse d'un café, dans les jambes d'un
groupe de consommateurs, qui reculèrent d'un
bond et s'écartèrent pour nous éviter, non pas
exactement chutant d'ailleurs, mais versant simplement sur le côté, nous rattrapant de la jambe,
nos trois jambes à la fois qui avaient anticipé le
mouvement pour amortir la chute, et redressant
tous les trois la moto, péniblement, encore à cali-
fourchon, les jambes empêtrées dans la machine,
mais ne roulant plus, à l'arrêt maintenant, et
l'objet des regards, ne disant rien, ne nous excu-
sant pas, tirant laborieusement la roue arrière
pour la dégager de la rigole et pouvoir se remettre en route, continuer à avancer, à contre-courant, sur le trottoir, de nouveau tous les trois sur
la moto, à l'italienne, comme sur une Vespa dans
la nuit tiède, remontant la foule parmi les rires
et les conversations des tables, au ralenti, lon-

geant le bas-côté, redescendant sur la chaussée et accélérant à fond sur quelques mètres, puis freinant brutalement devant une voiture qui arrivait en face, remontant sur le trottoir, et redonnant tous les trois l'impulsion avec nos pieds, pour se relancer et repartir en slalomant entre les tables, descendant toute l'avenue ainsi, jusqu'en bas, où il n'y avait plus rien, plus de café, plus personne, roulant à fond dans le noir sur quelques dizaines de mètres, puis arrêtés, freinés de nouveau dans une rue animée, bloqués par une marée de piétons qui marchaient dans la rue, une petite rue de bars et de bouis-bouis à brochettes, plus sombre, sans réverbères, avec quelques néons blancs et verts, des portes en bois, des stores en bambou, derrière lesquels se devinaient des lumières de bouge, fauves, tamisées, quelques fenêtres éclairées, des lueurs vertes qu'on apercevait derrière les vitres. Zhang Xiangzhi s'arrêta là devant un bar, ne se gara pas, freina simplement, le long de la façade, et descendit de la moto en marche, tous les trois nous descendîmes de la moto en marche, toutes ces jambes ensemble qui se soulevèrent à l'unisson et laissèrent tout bonnement la moto privée de vitesse retomber sur place sur le trottoir, Zhang

Xiangzhi, qui nous précédait, casqué de blanc, entrant le premier dans le bar, difficilement, entrouvrant, poussant, la porte que bloquaient des dos d'hommes et de femmes, qu'il écarta d'une poigne ferme, et nous glissant tous les trois dans le bar, nous frayant un passage parmi les tables de bois en direction de la scène, où, dans un brouillard de fumée de cigarettes nimbé de faisceaux de projecteurs verts, on apercevait un groupe de musiciens chinois qui donnait un concert sur une petite estrade, le chanteur assis sur un tabouret, les cheveux longs, un micro cassé à angle droit devant lui, le public debout, des bouteilles de Tsingtao à la main, et nous, progressant toujours vers le bar, Zhang Xiangzhi en tête, à la fois déterminé et viril, bousculant de l'épaule et s'aidant du bras pour ouvrir la voie, et en même temps fragile, protégeant d'une main délicate le ballonnement de son ventre sous sa chemisette grisâtre, Li Qi juste devant moi, qui se retournait parfois, m'attirait par la main et m'aspirait pour me faire gagner quelques mètres dans la foule compacte. Arrivés au bar, nous passâmes directement derrière le comptoir, sans même saluer les jeunes gens qui servaient, sans rien demander à personne, nous nous dirigeâmes

tout droit vers un réduit, une minuscule pièce
éclairée par une ampoule nue, dans laquelle une
vieille femme faisait la cuisine dans un désordre
d'étagères surchargées et de caisses de bières
entassées. Sans un regard pour la vieille femme,
Zhang Xiangzhi passa le bras dans la pièce et
attrapa une chaise par le dossier, une vieille
chaise de cuisine en plastique bancale qu'il posa
contre le comptoir et monta dessus, je crus
qu'elle allait s'écrouler sous son poids. Il était là,
derrière le bar, en plein concert, debout sur sa
chaise en plastique que Li Qi tenait à deux
mains, et il ouvrit une trappe dans le plafond, la
rabattit violemment sur elle-même, et, sans se
préoccuper de rien, des regards qu'il suscitait, du
concert qui se poursuivait, de Li Qi et de moi
qui le regardions de chaque côté de la chaise, il
plongea la main dans sa chemisette grisâtre,
fouilla dedans, et, dans un arrachement bref, une
expulsion brutale, extirpa de ses entrailles le sac
gris et rose SAKURAYA, et, déchirant le sac
pour atteindre le précieux paquet, se débarrassant de cette protection superflue qu'il jeta à ses
pieds, il fit apparaître dans les lueurs vertes du
bar — l'espace d'un instant, d'un seul instant, le
temps de le glisser dans la trappe —, livide,

124

inerte, ratatiné, le petit paquet compact de matière morte, blanche ou grise, de la taille d'un fœtus, compressée dans du plastique transparent.

Il referma la trappe, redescendit de la chaise, la saisit par le dossier et la remit dans la cuisine, et nous repartîmes en sens inverse, nous quittâmes le bar sans adresser la parole à personne, retraversâmes la salle parmi la foule, nous frayant un passage jusqu'à la sortie. Dans la rue, toujours très agité, une de ses paupières tremblait, il me dit de rentrer à l'hôtel, de prendre un taxi et de rentrer à l'hôtel. *Understand ?* dit-il, la paupière tremblante. Il ramassa la moto sur le trottoir, la redressa, monta dessus avec Li Qi. *Money ?* dit-il avant de partir. *Need money ?* dit-il. Je fis non de la tête, et je les regardai s'éloigner, Li Qi se retourna et me regarda, la moto était déjà loin, perdue dans la circulation parmi les piétons et les voitures, je suivais la moto des yeux debout à la porte du bar et je la vis atteindre le bout de la rue — Li Qi, toujours tournée vers moi, qui me regardait toujours, elle me regardait toujours — et disparaître.

125

III

La Méditerranée était calme comme un lac. D'infimes rides, comme d'une peau très jeune, parcouraient sa surface, dans un ondoiement permanent de vaguelettes immobiles. J'écoutais les battements réguliers de l'eau contre la coque du navire, la scansion de la mer, l'imperceptible clapotis des vagues. J'avais le sentiment d'être hors du temps, j'étais dans le silence — un silence dont je n'avais plus idée.

J'étais arrivé à Paris en fin d'après-midi, une vingtaine d'heures plus tôt, pas rasé depuis deux jours, ma chemise blanche propre de la veille, qui tenait toute seule sur mon torse, amidonnée de crasse et de peur, qui avait tout connu, la poussière grisâtre de Pékin, les microscopiques dépôts de sable, de plâtre et de bitume qui s'étaient fossilisés dans son tissu, les gravillons qui l'avaient écorchée, la chaleur qui l'avait ramollie, distendue, relâchée, la transpiration lourde du jour et sèche de la nuit, les sueurs froides, les vents d'effroi et le souffle de la climatisation, les brusques bouffées d'air conditionné glaciales qui l'avaient hérissée et comme listralisée dans le brutal chaud et froid que j'avais ressenti dans l'avion entre Pékin et Paris. À mon arrivée à Roissy, j'avais erré dans les couloirs en chaussures de bowling dans cette chemise défaite, cette relique affaissée qui pendouillait le long de mes flancs et adhérait à ma poitrine dans des relents de sueur sèche, et j'avais tourné sur place entre les différents terminaux, baladé de comptoir en comptoir, refoulé et éconduit par des hôtesses indifférentes qui me renseignaient de mauvaise grâce, au mieux avec ignorance, au pire avec désinvolture (une désinvolture souriante qui n'en était que plus mortifiante), avant de descendre à d'autres niveaux et de m'adresser à d'autres comptoirs, où je finis par être pris en charge par une hôtesse secourable, qui eut pitié de ma détresse et se mit à étudier avec moi les différentes possibilités pour rejoindre l'île d'Elbe. Il n'y avait pas de liaisons aériennes directes depuis Paris, pas d'aéroport recensé dans l'île, si ce n'est de loisir, à la Pila, qui n'accueillait que de petits avions de tourisme. La voie normale, si ce n'est unique, passait par Piombino, qui était reliée à l'île d'Elbe par une ligne régulière de ferries. D'autres villes proposaient des traversées ponctuelles à certaines périodes de l'année, Civitavecchia, Savino, Livourne, Gênes peut-être, mais il était impossible de se procurer les horaires des lignes et les disponibilités des bateaux. La meilleure chance était quand même d'essayer de gagner Piombino par avion, via Rome, ou Florence (en train, c'était interminable, en voiture, je n'en avais pas la force), et nous nous efforçâmes de m'inscrire dès ce soir sur un vol pour l'Italie — en partant le soir même, je pourrais peut-être arriver à l'île d'Elbe pour les obsèques du père de Marie.

J'appris un peu plus tard, en appelant Marie d'une cabine téléphonique, que l'enterrement aurait lieu vers onze heures du matin, ou midi, elle ne savait pas, elle n'avait pas envie de me parler, je n'avais qu'à la rappeler quand j'arriverais.

Et j'étais maintenant sur le point d'arriver. Nous avions appareillé très tôt de Piombino, dans l'air sec et limpide d'un matin ensoleillé. Dès que le navire était parti, j'avais été me réfugier dans un des salons couverts de l'entrepont inférieur déserté des autres passagers, et je m'étais assoupi dans un robuste siège aux accoudoirs métalliques, tirant à côté de moi le petit rideau bleu fripé contre le hublot. Je n'avais pas dormi depuis quarante-huit heures, ou plutôt j'avais sommeillé en permanence pendant cette interminable durée brumeuse de voyage ininterrompu, où, dans des heures égales, les jours ne se différenciaient pas des nuits. J'avais somnolé dans des taxis et dans des minibus, dans des zones de transit et dans des salles d'attente, je m'étais assoupi plusieurs fois dans l'avion, j'avais passé deux courtes nuits agitées dans des chambres d'hôtels, mais sans jamais dormir, sans jamais parvenir à trouver le sommeil, toujours je restais à la surface du sommeil, juste en deçà de l'invisible ligne de flottaison qui sépare le sommeil de la veille. De retour à l'hôtel, à Pékin, je n'avais pas non plus réussi à m'endormir, j'étais resté couché les yeux ouverts dans le noir à regarder le plafond en guettant les bruits du couloir pour entendre Zhang Xiangzhi et Li Qi rentrer dans leur chambre, mais je n'avais rien entendu, et, le lendemain, quand je m'étais réveillé aux aurores pour me rendre à l'aéroport, j'étais passé devant leur chambre avant de descendre à la réception et, l'oreille collée contre le montant de la porte, j'avais écouté longuement à la porte, mais je n'avais rien entendu, je n'avais entendu aucun bruit dans leur chambre, de sorte que je ne sais toujours pas s'ils sont jamais rentrés.

J'étais, et je restai longtemps, dans cet état de suspension qu'on éprouve pendant la durée d'un voyage, dans cet état intermédiaire où le corps en mouvement semble progresser régulièrement d'un point géographique vers un autre — comme cette flèche que j'avais observée sur l'écran du moniteur vidéo de l'avion qui me ramenait de Pékin qui indiquait au fur et à mesure la progression de l'appareil sur une carte du monde verte et bleue montagneuse et stylisée —, mais où l'esprit, incapable de s'aligner sur ce modèle de transition lente et régulière, est, lui, tout à la fois, encore en pensées dans le lieu qu'il vient de quitter et déjà en pensées dans le lieu vers lequel il se dirige. Tout au long du voyage, je fus donc à la fois encore à Pékin et déjà à l'île d'Elbe, mon esprit ne parvenant pas à passer fluidement de l'un à l'autre, à abandonner l'un pour se consacrer à l'autre, mais restant en permanence dans cet entre-deux provisoire du voyage, comme si cet état transitoire, extensible et élastique, pouvait être étiré à l'infini, et que, finalement, je n'étais, en pensées, plus nulle part, ni à Pékin ni à l'île d'Elbe, mais toujours à la surface de ces lieux transitoires que je traversais, à la fois arrêté et en mouvement, assis et somnolant avec toutes mes sensations en réserve que je pourrais réactiver ultérieurement, non seulement dans le bateau qui me menait à l'île d'Elbe mais également, et simul-tanément, dans chacun des moyens de transport que j'avais empruntés depuis mon départ. C'était comme si ce voyage était la quintessence de tous les voyages de ma vie, des centaines d'heures pas-sées dans des avions et dans des trains, dans des voitures et des bateaux, pour passer d'une terre à une autre, d'un pays à un autre, d'un continent à l'autre, où mon corps, immobile, se déplaçait dans l'espace, mais également, sans y paraître, de façon invisible et insidieuse, sournoise, continue, altérante et destructrice, dans le temps. Car je sentais le temps passer avec une acuité particulière depuis le début de ce voyage, les heures égales, semblables les unes aux autres, qui s'écoulaient dans le ronronnement continu des moteurs, le temps ample et fluide, qui m'emportait malgré mon immobilité, et dont la mort — et ses violentes griffures — était la mesure noire.

Depuis le début de la traversée, j'avais le sentiment que ce n'était pas Marie, mais son père que j'allais rejoindre à l'île d'Elbe, que c'était pour lui que j'avais entrepris ce voyage, et qu'il serait là à m'attendre sur les quais à mon arrivée à Portoferraio, comme quand il venait nous chercher avec Marie pour nous conduire à la Rivercina en voiture lorsque nous arrivions en bateau. Nous quittions alors le navire par la soute, Marie en sandales parmi les voitures et les autocars de touristes, lunettes noires et ample sac en bandoulière (avec parfois encore quelque menu colis précieux à la main, comme cette très bonne tarte à la pâte d'amandes et aux pignons de chez *Sampierdarenese di Sabatini & Pilato*), et nous hâtions le pas sur la passerelle pour aller retrouver son père sur les quais et célébrer les retrouvailles dans un tourbillon d'allégresse et d'embrassades, bientôt suivi d'un concert de klaxons, qui abrégeait les effusions, car nous étions sur le chemin des voitures.

135

Nous nous éloignions en prenant notre temps et allions installer nos valises et nos sacs à même le métal ondulé du plateau découvert de la vieille camionnette poussiéreuse et déglinguée de son père, avec son immatriculation antédiluvienne (le Li orange de Livourne, et les autres lettres à moitié effacées), répartissant les bagages parmi la paille et les vieilles couvertures, les bidons, les outils, les selles, les harnais, les étriers, et prenant place tous les trois à l'avant en se serrant sur les mauvais sièges à ressorts — Marie assise entre son père et moi, imperturbable, sa tarte de chez *Sampierdarenese di Sabatini & Pilato* à la main, qu'elle portait devant elle par le nœud du ruban comme s'il s'agissait d'un précieux carton à chapeaux de *Dolce & Gabbana* — pour quitter le port et gagner la Rivercina.

La Rivercina, la propriété de son père, se trouvait dans une zone sauvage et isolée au nord-est de l'île, près des plages de Nisporto et de Nisportino (entre Rio Marina et Cavo), la maison était entourée d'arbres, de chênes et d'oliviers, quelques orangers, des citronniers, du maquis, un vaste enclos pour les chevaux. Cela faisait près de dix ans que son père vivait là toute l'année. Il avait gardé un petit appartement à Paris, mais ne s'y rendait que de plus en plus rarement, il était devenu solitaire et sauvage, c'était plutôt l'été, maintenant, qu'il quittait l'île d'Elbe pour échapper aux touristes. Il vivait seul, retiré, avec ses chevaux, le jardin, un peu de pêche sous-marine, des promenades solitaires et une remarquable bibliothèque d'histoire de l'art et de philosophie, conservant un lien de plus en plus ténu avec le monde et cultivant sans ostentation une misanthropie tempérée, ayant fini par se convaincre que, moins on a de relations avec les hommes, meilleures elles sont. Il avait aménagé pour Marie une vieille maison de pierre dans une partie encore broussailleuse de la propriété, une ancienne maison de jardinier qu'il avait restaurée, refaisant lui-même le gros œuvre, la maçonnerie et les menuiseries, avant de s'attaquer aux peintures. C'était sans doute là que Marie devait être en ce moment, dans cette vieille maison de pierre que son père avait retapée pour elle, ou au rez-de-chaussée de la grande maison silencieuse aux beaux meubles en bois sombre et aux parquets cirés qui sentaient l'encaustique et la cire parfumée, seule dans cette grande maison vide, les volets fermés et les rideaux tirés, avec son père

mort au premier étage, la toilette mortuaire ache-
vée, étendu sur le lit, peigné, les mains jointes, en
costume et cravate, et elle dans la bibliothèque,
silencieuse, assise dans un de ces grands fauteuils
carrés à accoudoirs et regardant fixement les livres
dans les rayonnages de la bibliothèque, ou dans
le jardin, penchée sur les pots en terre cuite de
plantes aromatiques, le thym, la sauge et le romarin, agenouillée dans la terre fraîche et meuble
contre le muret de pierres et rattachant pensivement un petit bout de ficelle élimée qu'avait dû
utiliser son père pour fixer la tige duveteuse d'un
plant de tomate à son tuteur, et j'eus alors une
brusque bouffée de tendresse à l'égard de Marie,
non pas simplement de compassion, mais simplement d'amour.

Les côtes de l'île d'Elbe étaient en vue. J'étais
remonté sur le pont, et je regardais Portoferraio
apparaître au loin, encore simple miroitement
indistinct de toits orange dans la lumière liquide
du matin. La ville, lentement, se dissociait des mon-
tagnes et des collines avoisinantes, les contours
des clochers et des maisons se précisaient et
gagnaient en détails à mesure que nous approchions de la côte. Les machines du bateau avaient

baissé de régime, et nous longions à présent le promontoire rocheux de la vieille ville qui glissait lentement sous nos yeux, presque à portée de main, avec son dégradé de maisons aux volets verts et aux façades ocre, jaune pâle et roses, ses ruelles en pente qui disparaissaient derrière la ligne des remparts. Nous contournâmes la silhouette du Fort Stella dans le faible ronronnement des machines et entrâmes lentement dans la rade. Le navire, encore en mouvement, encore porté par l'élan de la traversée, hors de proportions, beaucoup plus haut et large que les immeubles modernes et les quelques cafés du port vers lesquels nous avancions toujours, parut un instant aller s'encastrer dans les immeubles au moment d'accoster. Je ressentis le léger choc mat de la coque contre les bouées, qui me déséquilibra sur le pont et fit tanguer un moment le navire le long du quai. Déjà, on s'animait en contrebas, des marins tiraient des câbles sur le ponton, on approchait des passerelles. Debout au bastingage, je regardais les quelques personnes dispersées sur les grands quais déserts et je guettais malgré moi la présence de Marie, je la cherchais des yeux, je cherchais son père aussi, près du petit édifice des bureaux de la capitainerie, là où il avait été si souvent quand il venait nous chercher, mais il n'y avait rien de tout cela, Marie n'était pas là et son père était mort.

Je ne trouvai pas de taxi en descendant du bateau, et je m'éloignai à pied parmi les voitures qui débarquaient et se dispersaient sur les quais. Je n'avais pas l'intention de dormir à la Rivercina lors de ce séjour, j'envisageais plutôt de prendre une chambre à Portoferraio et de ne téléphoner à Marie qu'une fois installé à l'hôtel. J'avais quitté le périmètre du port et je marchais au soleil à la recherche d'un hôtel, longeant des boulevards déserts en bordure de mer, traversant des petites places silencieuses aux fontaines asséchées, des terrains vagues et des parkings. La ville paraissait déserte en cette fin de matinée, les gens devaient être à la plage, on n'apercevait personne dans les rues et sur les bancs publics, une rare Vespa de temps à autre qui pétaradait dans le silence, s'éloignait sur une avenue déserte et disparaissait. J'avais rejoint la vieille ville, et je gravissais des ruelles silencieuses et fleuries qui montaient par paliers vers le Fort Falcone. Des bougainvilliers tombaient en cascade des terrasses, avec ici et là, au détour d'une venelle, la

140

ligne ébréchée d'un rempart qui donnait en à-pic sur la mer ensoleillée.

Je finis par trouver un hôtel en redescendant vers le centre, une belle bâtisse ancienne avec une terrasse et des persiennes vertes. Je gravis le perron et traversai la tonnelle sous laquelle des nappes blanches avaient été dressées pour le déjeuner. J'entrai dans un bar désert, aux profondeurs ombrées, et longeai le comptoir jusqu'à une porte vitrée, qui donnait sur une sorte de réception, un petit comptoir en bois, derrière lequel se trouvait un tableau en liège où pendaient quelques clés. J'appelai, mais ne reçus pas de réponse. Je m'avançai vers les escaliers et montai quelques marches en jetant un coup d'œil vers l'étage. Une porte s'ouvrit alors en dessous de moi, et une dame en tablier de cuisine apparut dans le couloir, accueillante, volubile, étonnamment souriante et gentille, qui me dit que l'hôtel était complet (*mi dispiace ma siamo al completo*). Elle paraissait vraiment désolée (*ma in agosto, se non c'è gente in agosto*), et, me retenant comme j'allais partir (*è piena stagione, capisce*), me dit d'attendre un instant, réfléchit avec ostentation (elle semblait, quand elle ne parlait pas, mimer ostensiblement chacune des

141

paroles qu'elle ne prononçait pas), la main levée, démonstrative, en suspension, pour me faire patienter. Elle me dit de la suivre et elle alla chercher une clé dans la cuisine, m'entraîna dans un couloir au carrelage de pierre à fin damier moucheté. Nous sortîmes de l'hôtel par l'arrière et traversâmes un jardinet, où se trouvaient une balançoire, une minuscule piscine gonflable ronde en plastique bleu, un désordre de petites pelles et de râteaux jaunes et rouges, passâmes une courette où séchait un peu de linge et gagnâmes un pavillon isolé, dont elle ouvrit la porte avec la clé. Derrière la porte se trouvait une grande chambre fraîche et ombrée, avec un lit en fer et un couvre-lit en cotonnade beigeasse, une porte-fenêtre entrouverte qui donnait sur un petit potager. Elle me demanda si cela pouvait convenir, la douche et les toilettes se trouvaient à l'extérieur. Je dis que oui, que c'était très bien. Je n'attendis pas son départ et décrochai immédiatement le téléphone sur la table de nuit pour appeler la Rivercina.

Je laissai le téléphone sonner longtemps, mais il n'y avait personne. Je voulus alors appeler Marie sur son portable, mais, pour joindre son portable, il fallait passer par l'étranger, et je compris alors,

142

en me heurtant en permanence à une sonnerie occupée, qu'on ne pouvait pas obtenir l'étranger depuis la chambre. Je dis alors à la dame que je devais téléphoner à l'étranger, que c'était absolument urgent. Elle me regarda, un peu surprise, plus circonspecte, mais toujours de bonne volonté, et nous regagnâmes ensemble la réception. Elle me fit passer dans la grande salle de restaurant qui jouxtait la terrasse et avança pour moi le vieux téléphone gris à cadran du comptoir. Je composai le numéro de Marie. J'entendais sonner dans le combiné, je retenais ma respiration, et je finis par entendre qu'on décrochait. Marie, dis-je à voix basse. Elle ne répondit pas tout de suite, puis, d'une voix hésitante, une voix très faible, très fragile, à peine audible, méconnaissable — comme si elle avait froid, qu'elle frissonnait —, elle me dit qu'elle ne pouvait pas me parler maintenant, que ce n'était pas possible. Elle me demanda où j'étais, et je lui dis que j'étais dans un hôtel à Portoferraio. Il y eut un blanc, elle ne dit rien, ne répondit pas, elle devait être sollicitée par autre chose, et c'est alors que j'entendis un faible son de cloches dans le téléphone, mais, en même temps que je les entendais dans le téléphone, je les entendais également sonner dans la rue, un son de cloches lent,

143

régulier, lugubre, tout près de moi, dehors, dans la rue, je tournai la tête vers la terrasse et essayai d'apercevoir quelque chose dans la rue ensoleillée, l'église devait être à moins de cent mètres de l'hôtel — mais je ne parvenais pas à l'apercevoir de l'endroit où je me trouvais — et je compris alors que ces notes graves qui résonnaient dans le silence, c'était le glas qui sonnait pour le père de Marie.

Lorsque je pus enfin sortir sur la terrasse (la dame m'avait encore retenu un instant à la réception pour me faire remplir une fiche de renseignements), je me rendis compte que le dôme de Portoferraio était à moins de cent mètres de l'hôtel. Les portes avaient été refermées et le parvis était de nouveau désert, les pierres saturées de lumière blanche qui brillaient au soleil et se réverbéraient sur la façade, mais on ne discernait aucun signe d'enterrement au dehors, crêpes ou voiles noirs, pas de couronnes ni même de fleurs, si ce n'est les quelques jarres de lauriers-roses qui devaient décorer en permanence le parvis. Les cloches s'étaient tues, il n'y avait plus personne sur la place, et rien ne laissait présager que des funérailles se tenaient à l'intérieur de l'église. J'avais quitté

144

l'hôtel et je descendais vers la place, quand je remarquai la présence d'un corbillard garé un peu à l'écart, sous un platane, pas même devant l'église, mais sur le parking, parmi les voitures de touristes et les camping-cars.

Lorsque j'entrouvris la porte grinçante de l'église, je fus accueilli par une odeur de cierges brûlés et de marbre frais. Je m'immobilisai sur le seuil, frappé par l'atmosphère de silence et de recueillement qui régnait à l'intérieur. Je restai un instant sans bouger, j'entendais au loin une voix chuchotante de prêtre invisible qui résonnait dans la nef. Mes yeux se firent très vite à l'obscurité et je finis par distinguer une vingtaine de personnes réparties sur de vieux bancs de prière en bois. Je m'avançai sans bruit entre les piliers, m'immobilisai contre un bas-côté, en retrait, sous un grand tableau religieux aux couleurs éteintes qui se découpait dans la pénombre. Et c'est alors que j'aperçus le cercueil devant l'autel. Marie était seule en face du cercueil, droite dans une chemise blanche et un pantalon beige strictement ceinturé, le regard dur, froid, sombre, avec quelque chose de buté dans l'attitude. Quand elle me vit, me reconnut, elle me dévisagea avec détresse, une bouffée de douleur envahit son visage, mais elle retrouva aussitôt son sang-froid, et redevint froide, digne, distante, elle me fit simplement signe de la main d'aller m'asseoir à l'écart sur un banc, mais pas à côté d'elle, elle ne me dit pas de la rejoindre. Le cercueil était posé sur un catafalque sommaire en face de l'autel, avec un unique bouquet de fleurs du maquis qui recouvrait le crucifix en laiton gravé sur le couvercle en bois vernis. Plus loin, dans une coupe en grès naturel, avait été dressée une couronne mortuaire d'eremurus et de mufliers blancs, qui reposait sur un plateau d'argent dans la lumière quasi surnaturelle d'un vitrail rouge et bleu. Le prêtre qui officiait était étonnamment jeune, à lunettes, qui se tenait devant Marie dans sa chasuble de soie crème et officiait en italien d'un filet de voix métallique et traînant (*per il cristiano, la morte è consunzione, il compimento del suo battesimo, in verità si tratta della rinascita già annunciata nel primo sacramento*). Ses gestes étaient onctueux, ses poignets sinueux, il portait une étole de soie verte autour du cou et s'adressait à l'assistance de sa voix mièvre et précieuse, féminissime, un public essentiellement composé de vieilles dames vêtues de noir, avec, ici et là, la fantaisie d'une touche de bleu nuit, de mauve ou de turquoise, et je compris que c'était sans doute là le public habituel de la messe du dôme de Portoferraio, qui n'assistait que fortuitement à la célébration des funérailles du père de Marie — sinon nous n'aurions été que deux dans l'église, Marie et moi, pour rendre hommage à son père. Trois avec Maurizio, je reconnus également Maurizio dans l'assistance, digne dans une chemise pâle à petits carreaux bleus et blancs, un pantalon noir et des bretelles, un élégant chapeau dans ses mains croisées devant lui, qui se tenait juste derrière Marie, mais à distance respectable, deux ou trois rangs derrière elle, les cheveux blancs, la peau épaisse, ridée, burinée, encore sec et musclé pour ses quatre-vingts ans.

Je regardais Marie, seule dans cette église inconnue en face du cercueil de son père — Marie strictement immobile, qui emplissait tout l'espace et le saturait de sa présence exacerbée —, Marie cambrée là devant le cercueil de son père dans une tenue, qui, à mesure que je l'observais et la détaillais, me semblait être ni plus ni moins qu'une tenue d'équitation — chemise blanche, pantalon de cheval moulant et bottes de cuir noires qui montaient jusqu'à ses genoux —, Marie, en tenue

147

d'équitation devant le cercueil de son père, le regard dur, froid, sombre, qui regardait le prêtre avec cette douleur contenue, butée, cette douleur furieuse et comme foncièrement exaspérée, les lèvres pincées, comme si elle avait eu une cravache à la main, un fouet, prête à le battre, à le gifler au visage, à cingler l'air irrespirable de cette église, et il me frappa alors combien elle ressemblait à son père, combien elle en avait l'intransigeance, la trempe, la fantaisie irréductible, et je pus comprendre alors, je parvins à imaginer comment avait pu germer dans son esprit l'idée extravagante de venir à l'enterrement de son père en tenue d'équitation. Elle avait dû se lever à l'aube ce matin, Marie s'était levée à l'aube car elle savait que les employés des pompes funèbres viendraient chercher le corps très tôt, qu'ils seraient dès huit heures à la Rivercina, et elle s'était habillée avec le plus grand soin pour son père, elle s'était fait belle, elle s'était coiffée, s'était maquillée, et quand Maurizio avait accueilli les quatre silhouettes grises des pompes funèbres à la porte du jardin, elle ne leur avait pas adressé la parole, elle avait disparu dans la maison, elle n'avait pas voulu suivre les opérations de manutention du corps, la pénible descente du cercueil dans les escaliers, le transfert dans le jardin et l'installation dans le corbillard, mais, quand le convoi fut prêt, que les portières claquèrent pour le départ, Marie était là, à cheval, qui attendait le corbillard à l'entrée de la propriété. Elle avait sellé une jument de son père, et, dans un de ces gestes de folie dont elle était capable, de panache, d'audace et de bravoure, elle qui ne montait pas à cheval, elle qui n'était pas cavalière, elle avait accompagné le corbillard à cheval depuis la Rivercina jusqu'à Portoferraio pour rendre un dernier hommage à son père, elle avait escorté le corbillard sur les routes désertes de l'île d'Elbe tout au long de la douzaine de kilomètres qui sépare la Rivercina de Portoferraio, mais, comme elle ne montait pas à cheval, comme elle n'était pas cavalière, elle avait maintenu le cheval au pas pendant les douze kilomètres du trajet, tirant sur la bride pour le retenir et empêchant le corbillard de la dépasser, contraignant le chauffeur à rester dans son sillage, le moteur au ralenti pour ne pas effrayer l'animal, sillonnant ainsi les routes de l'île d'Elbe au petit matin avec ce long corbillard noir derrière elle, la mer en contrebas, calme et étale dans le soleil étincelant. Le convoi progressait lentement dans une odeur de cheval chaud, de rosée et de mort.

Marie, très raide sur sa selle dans sa chemise immaculée, regardait droit devant elle avec orgueil et fierté, les yeux exaltés, cheminant dans le soleil avec un sentiment de toute-puissance et d'intemporalité. Le cortège traversait en silence des paysages de vignes et de maquis sauvage, longea les ruines d'une villa romaine de l'ère impériale, avec des pans de mur dressés dans des champs séchés par le soleil, des mosaïques noirâtres et mangées par le temps éparses au milieu des herbes hautes, des ronces, des arbousiers et des lentisques. Bientôt, le convoi approcha de la ville, les routes devinrent plus larges et plus fréquentées, mais Marie ne coupa pas à travers champs pour rejoindre la rade, elle resta bien au centre de la chaussée à quatre voies, le long corbillard noir aux vitres teintées toujours derrière elle, qui ne cherchait plus à la dépasser, devenu docile lui aussi, mis au pas, amadoué, qui la suivait au ralenti, le moteur ronronnant, et elle était entrée dans la ville ainsi, escortant à cheval son père mort dans les rues désertes de Portoferraio, passant par la viale Alcide Gasperi, par la via Carioli, traversant la viale Alessandro Manzoni, où les quelques rares clients d'un café étaient sortis sur le trottoir pour suivre des yeux le convoi et le regarder s'éloigner vers le port. Marie avait traversé la piazza Citti et s'était engagée sur la via Vittorio Emanuele II, probablement au moment même où mon bateau arrivait en vue de Portoferraio, et elle avait dû m'apercevoir sur le pont alors, moi qui me rendais comme elle à Portoferraio pour les obsèques de son père, et nos esprits, un instant, avaient communié dans l'hommage et la douleur, s'étaient rejoints et enlacés dans l'azur.

Je ne sais pas quand Marie s'aperçut de mon absence dans l'église — car je n'étais plus dans l'église —, si ce fut pendant le déroulement même de l'office, se retournant un instant pour me chercher des yeux et ne trouvant soudain plus que le vide entre les colonnes de marbre à l'endroit où je me trouvais quelques instants plus tôt — un vide immédiatement saisissant, anormal, un vide froid, silencieux, inquiétant — ou si c'est seulement plus tard qu'elle s'était rendu compte de mon absence, quand les portes de l'église s'étaient ouvertes à la fin de l'office et avaient laissé la lumière pénétrer à l'intérieur, une grande vague de lumière solaire qui s'était avancée dans la pénombre et avait inondé le pavement veiné de marbre de l'église. Peut-être n'était-ce qu'à ce moment-là qu'elle s'était inquiétée de mon absence, en ne me voyant pas venir la rejoindre près du cercueil, tandis que l'assistance commençait à se disperser sur le parvis, ou même plus tard encore, seulement au moment des condoléances, reçues dans l'église même, en haut des marches de la sacristie, écoutant à peine les paroles de réconfort des personnes qui venaient l'embrasser et regardant avec détresse par-dessus leurs épaules pour me chercher des yeux, mais ne me trouvant plus dans l'église, et serrant longuement, intensément, Maurizio dans ses bras, le seul qui l'aimait et qui la comprenait.

Marie avait rejoint le cimetière à pied, la jument à ses côtés, qu'elle tenait par la bride, en compagnie du prêtre et d'un enfant de chœur en aube blanche. Le cheval se laissait guider sagement dans les rues de Portoferraio, les naseaux humides, les oreilles mobiles, fraîches et fureteuses. Le cimetière se trouvait à deux kilomètres de la ville, légèrement en hauteur, c'était un cimetière de village, qui ne comptait pas plus d'une vingtaine de tombes. Il était situé au bord d'une route de corniche à la sortie d'un tournant escarpé, l'entrée protégée par une grille en fer rouillée dont les battants récalcitrants avaient été ouverts par les employés des pompes funèbres qui attendaient le cortège devant le mur d'enceinte. Ils étaient trois là à attendre en silence, vêtus de costumes gris ternes, chemises bleues, cravates noires, un vieil employé avec une casquette grise réglementaire, où des initiales imbriquées apparaissaient en lettres dorées entrecroisées, et deux plus jeunes, avec des lunettes noires, mutiques, sérieux, le dernier bouton de la chemise ouvert et la cravate desserrée, qui regardaient le corbillard faire une manœuvre compliquée pour entrer dans le cimetière en marche arrière, patinant sur les graviers pour franchir les derniers mètres de la pente caillouteuse. Le chauffeur avait passé la tête à la vitre, et les employés le guidaient en gestes économes de la main. Le corbillard suivit en marche arrière l'uni-

153

que allée du cimetière et ralentit à l'approche du caveau ouvert, parut trembler un instant de tout son long, la carrosserie brûlante dans l'air chaud, et s'immobilisa enfin, majestueux et disproportionné, longue limousine noire qui rutilait sous les cyprès sur fond de mer étale. Marie, qui n'était pas encore entrée dans le cimetière, surgit alors, en haut de la pente, qui venait de la route, un seau rouge à la main. Marie, avant d'entrer dans le cimetière, avait été attacher la jument à un arbre en bordure de la route. Elle avait escaladé un petit talus et s'était aventurée avec le cheval dans le maquis en s'écorchant les cuisses et les bras au passage, avait enroulé comme elle avait pu les brides et la longe autour du tronc d'un olivier sauvage, puis était revenue sur ses pas et avait été chercher un seau dans le cimetière, qu'elle avait rempli d'eau à un petit robinet fixé au mur d'enceinte. Elle avait rapporté le seau au cheval, et l'avait fait boire, à même le seau — il lapait goulûment — pour le désaltérer.

Une petite dizaine de personnes étaient présentes dans le cimetière quand les employés des pompes funèbres firent sortir le cercueil du corbillard. Ils le hissèrent précautionneusement sur leurs épaules et le déposèrent en hauteur dans le caveau préalablement ouvert. Derrière le mur d'enceinte, par-delà la ligne silencieuse des cyprès, on apercevait la mer, immense et bleue, parsemée de voiles blanches immobiles et de fines traînées d'écume que les bateaux de plaisance avaient laissées dans leur sillage comme autant d'éphémères cicatrices dans la mer. Le prêtre, debout devant le caveau, son étole verte autour du cou, dit quelques derniers mots d'adieu au moment de sceller la tombe. Marie s'avança lentement et toucha une dernière fois le cercueil, la main à plat, elle sentit sous ses doigts le contact lisse du bois vernis. Puis, les hommes des pompes funèbres s'avancèrent et le cercueil disparut à jamais de sa vue.

Marie s'éloigna, elle était seule. Peut-être avait-elle chargé Maurizio de ramener le cheval à la Rivercina, ou l'avait-elle confié à quelqu'un d'autre, mais elle revint seule, à pied, du cimetière. Elle marchait au soleil d'un pas somnambulique, descendant un petit chemin qui longeait la mer pour rejoindre la ville, les yeux dans le vague, beaucoup plus triste à présent qu'il n'y avait plus rien à régler pour l'organisation des obsèques, plus rien à décider, plus rien à faire ni nulle part où aller. Ce ne fut sans doute pas immédiatement conscient dans son esprit, mais l'immense douleur sans prise qui la plongeait pour l'heure dans le vide, la passivité et l'abattement, finit par se transformer en une inquiétude diffuse centrée sur mon absence. Ses pensées se focalisèrent alors sur ma disparition pendant la messe, cherchèrent à l'expliquer et à la comprendre, lui trouver des raisons pour se détourner des vraies raisons de sa douleur. Le responsable de ses souffrances, ce devint moi, moi qui la tourmentais même en ne faisant rien — ma simple présence la faisait souffrir, et mon absence encore plus —, moi qui n'avais pas été là quand elle avait eu besoin de moi, ni à Paris quand elle avait appris la nouvelle de la mort de son père, ni à l'île d'Elbe, à son arrivée, quand il avait fallu régler seule toutes les questions pratiques de l'enterrement, et qui, quand je lui étais finalement apparu, ce matin, à l'église, avais aussitôt disparu, avant même de lui parler, de lui dire un mot, de l'embrasser et de la serrer dans mes bras, de communier avec elle dans la douleur, la privant de ma présence en même temps que je la lui faisais miroiter, dans un brutal chaud et froid dont j'étais coutumier.

Marie avait rejoint Portoferraio et marchait dans la ville déserte en direction du port. Elle marchait sans but, elle ne savait pas où elle allait, elle descendait des ruelles en titubant sur les dalles irrégulières et apercevait des fleurs par-delà les grilles des jardins exigus collés aux maisons qui donnaient sur la mer, des bougainvilliers, des lauriers-roses et des roses trémières. Les rues étaient désertes, avec ici et là, quelques T conceptuels, blancs sur fond noir, incompréhensibles et lancinants, aux enseignes des tabacs fermés. Marie avait espéré me retrouver tout de suite, assis sur les marches d'une fontaine ou d'une église, ou surgissant en face d'elle au coin d'une rue, puis elle avait renoncé à me chercher, elle était restée avec cette inquiétude au cœur, cette inquiétude diffuse, lourde, prégnante, qui croissait à mesure que le temps passait, jusqu'à se demander, dans un dérèglement complet de ses sens, si elle m'avait bien vu dans l'église, si c'était bien moi qu'elle avait aperçu ce matin entre les colonnes de marbre de l'église, ou si, n'ayant vu que ce qu'elle avait voulu voir, elle n'avait pas eu une hallucination, et que, en réalité, j'étais toujours en Chine, ou sur le chemin du retour, et seulement en pensées à l'île d'Elbe.

De nouveau Marie me cherchait avec fièvre, elle s'arrêtait devant les vitrines des bars et scrutait la pénombre entre ses mains pour voir si je n'étais pas à l'intérieur. Elle se remettait en route, traversait des préaux et des places de marché abandonnées aux pigeons et aux chats dans un désordre de vieux cageots et de débris de légumes pourris. Mon absence lui était comme une déchirure supplémentaire, une douleur invisible, d'inquiétude sans prise, d'anxiété qui tournait à vide. Elle marchait et revenait sur ses pas, elle divaguait sur des places ensoleillées, des pensées insensées lui traversaient l'esprit, parfois de disparition, d'inquiétude et de mort, parfois d'exaltation, si elle me retrouvait d'ici moins d'une heure, elle se promettait d'entrer dans une église et de convaincre le prêtre de faire sonner les cloches à toute volée pour célébrer nos retrouvailles.

Marie avait chaud, elle avait soif, elle entrait dans des bars et buvait des expressos au comptoir, les yeux dans le vague, terminait parfois le petit verre d'eau tiédasse qui accompagnait les cafés. Elle n'avait rien mangé depuis deux jours, incapable d'avaler autre chose que des glaces, elle commandait glace sur glace, qui étanchaient sa soif autant qu'elles l'attisaient. Elle faisait déplacer le barman devant le grand présentoir réfrigéré à compartiments qui trônait près de l'entrée et choisissait longuement les parfums qu'elle lui désignait du doigt, hésitant à n'en plus finir, revenant sur son choix alors que le barman avait déjà disposé la glace sur le cornet, mais la faisant enlever pour choisir un autre parfum, remplaçant la fraise par la pistache, et puis se ravisant encore, ne sachant plus, engageant la conversation avec le barman (*e la stracciatella, è buona la stracciatella ?*), qui attendait, la spatule à la main (la patience du barman, son angélisme), finissant par lui demander conseil mais ne l'écoutant pas, redevenant un instant elle-même, impossible, unique, irrésistible.

Marie était ressortie du café et finissait sa glace dans la rue, qui fondait au soleil et coulait sur ses poignets, l'obligeant à s'arrêter pour incliner le cornet et lécher les contours pour circonscrire l'hémorragie. Il y a quelques années, Marie avait créé une collection de robes en sorbet qui fondaient sur le corps des mannequins et se mêlaient à leurs chairs en filaments liquides, tabac blond

159

et vieux rose. C'était devenu une de ses œuvres emblématiques, une collection de l'éphémère, un printemps-été archimboldesque, glaces, sorbets, granita, frulatto et frappé, qui fondaient sur la chair nue des modèles, le long de leurs épaules et sur le contour de leurs hanches, leur peau dressée de chair de poule et les pointes de leurs seins hérissées par le froid. Marie avait marié les chairs nues et les tissus invisibles, avait décliné les ingrédients et les matières, le sucre, le lait, la farine et les sirops, quelques mousselines, un peu de soie transparente, des fils d'or et de la gaze pour fixer les sorbets aux corps, dans une fantaisie de couleurs et de tons chair, mangue, citron, mandarine, pêche, melon, pour finir par des tonalités sanguines et des couleurs d'orage qui portaient le deuil de la fin de l'été, sorbets tragiques, sombres et crépusculaires, mauves et noirs, le cassis, les mûres, et la myrtille.

Marie finit par atteindre le vieux port, passant brutalement de l'ombre d'un petit passage protégé à la violente lumière blanche qui se réverbérait sur le dallage du port (elle voulut mettre ses lunettes de soleil, mais se rendit compte qu'elle les avait déjà sur les yeux). Clignant des paupières, aveuglée par la lumière, elle se mit à longer les quais. Quelques bateaux de plaisance étaient amarrés au soleil, reliés aux pontons par des passerelles, parmi des bouées rouges et blanches qui balisaient le plan d'eau. Elle s'attarda à regarder un type qui se douchait dans son bateau avec un tuyau d'arrosage, en mini-slip noir, corpulent et poilu, qui se savonnait joyeusement les cheveux et l'intérieur du slip. Sa femme se faisait bronzer en face de lui sur le pont, immobile comme un marbre, un genou relevé et un bras devant les yeux, vieille jeune femme émaciée, qui avait, dans sa plastique tendue et son immobilité de cire fondante, quelque chose d'une œuvre hyperréaliste. Marie les regarda un instant et poursuivit sa route. Il y avait un peu plus d'animation sur le vieux port, des cafés ouverts, des auvents de toile blanche tendus au-dessus des terrasses, quelques touristes ici et là qui mangeaient des glaces dans des coupes décorées de minuscules parasols en pâle papier plissé. Des boutiques de souvenirs étaient ouvertes, où l'on vendait des palmes et des masques de plongée, un choix de serviettes de plage multicolores. Marie avait atteint le bout du quai, qui se terminait en cul-de-sac devant le musée archéologique de la Linguella. Elle releva lentement ses lunettes de soleil et pivota sur elle-même pour me chercher des yeux. Mais où étais-je ?

Marie se souvint alors que je lui avais parlé d'un hôtel (elle n'avait pas retenu le nom, ou je ne le lui avais pas dit, ou elle n'avait pas écouté, mais elle était sûre que je lui avais parlé d'un hôtel), et elle se mit à pousser la porte des hôtels devant lesquels elle passait pour demander à la réception si quelqu'un n'était pas venu prendre une chambre ce matin. Elle était reçue très diversement, parfois avec simplicité et cordialité (on lui disait simplement que non, personne n'était arrivé ce matin), parfois avec méfiance, quand elle donnait mon nom et essayait de me décrire, et devait affronter des mines soupçonneuses et des regards fuyants, comme si on voulait lui cacher quelque chose, ce qui lui faisait monter de nouvelles flambées d'inquiétude au cœur. Elle allait ainsi d'hôtel en hôtel, montait d'étroits escaliers très sombres jusqu'à des entresols déserts, s'aventurait dans des courettes brûlées de soleil pour suivre une simple pancarte rédigée à la main qui annonçait des chambres à louer et se faisait éconduire dans des aboiements de chiens par des dames qui entrouvraient à peine leur fenêtre. Non, personne ne

162

m'avait vu à Portoferraio, personne n'avait vu cet homme sans visage qu'elle essayait de décrire avec autant de trouble dans la voix.

Lorsque, descendant la salita Cosimo de Medici, Marie aperçut l'*Albergo l'Ape Elbana*, elle sut immédiatement que c'était là que j'étais, derrière cette lourde façade et ces volets fermés. À la réception, la dame l'écouta attentivement, en hochant pensivement la tête pour approuver ses dires. Oui, elle m'avait bien vu ce matin. Oui, j'étais passé prendre une chambre vers onze heures (elle ouvrit un registre et sortit ma fiche de renseignements, qu'elle montra à Marie). J'étais même repassé un peu plus tard à l'hôtel pour prendre une douche, j'étais venu demander une serviette de bain à la réception et me faire expliquer comment fonctionnait l'eau chaude. Ensuite, elle ne m'avait plus vu, peut-être étais-je ressorti, mais peut-être étais-je toujours dans ma chambre, ma clé n'était pas à la réception. La dame accompagna Marie jusqu'à la porte du jardinet et lui désigna le petit pavillon au loin. Marie s'avança dans le jardin désert. Le pavillon, recouvert d'un simple badigeon de chaux blanche, n'avait pas de fenêtre qui donnait côté jardin, mais Marie se sen-

tait observée, elle remarqua qu'une des fenêtres
de la lourde façade de l'hôtel qui surplombait le
jardin était entrouverte, et qu'il y avait quelqu'un
à la fenêtre, sans doute un client dans sa chambre
à l'heure de la sieste, épaule nue dissimulée dans
l'ombre, silhouette immobile qui l'observait derrière les persiennes entrouvertes, et l'inquiétude
diffuse qu'elle ressentait depuis quelques heures
se transforma brusquement en un sentiment de
panique et d'effroi. Elle frappa à la porte du pavillon. Personne ne répondit. C'est moi, dit-elle.
C'est moi, ouvre-moi. Rien, personne ne répon-
dait. Elle frappa encore, plus fort. Pourquoi ne
répondais-je pas, pourquoi ne voulais-je pas lui
ouvrir ? Étais-je là ? Marie paniquait, secouait la
poignée de la porte. M'était-il arrivé quelque
chose ? Étais-je là, mort, sur le lit, derrière la
porte ?

Marie se hâta de revenir à la réception, et dit à
la dame qu'elle craignait qu'il me soit arrivé quelque chose, lui demanda si elle n'avait pas un
passe-partout, un double de la clé. La dame
l'accompagna, et elles pressèrent le pas dans le
jardin. La dame fit tourner la clé dans la serrure
et entrebâilla la porte. Il y avait un peu de désor-

dre dans la chambre, ma chemise blanche traînait par terre, en boule, chiffonnée sur le carrelage. Le lit n'avait pas été défait, sur lequel était abandonnée la petite serviette blanche en nid d'abeilles de l'hôtel. Ni Marie, ni la dame n'étaient encore entrées dans la chambre. *C'è qualcuno ?* dit la dame. Elle entra, prudemment, inspecta la chambre du regard. Il n'y avait personne.

Marie avait demandé à la dame si elle pouvait rester dans la chambre pour m'attendre, et elle était demeurée seule dans le petit pavillon. Elle avait examiné mes affaires avec soin, avait ramassé la chemise blanche sur le sol et les sous-vêtements abandonnés par terre, comme laissés là sur le carrelage à l'endroit où je m'étais déshabillé avant de prendre une douche. Elle avait remarqué quelques papiers et de la menue monnaie posée sur la table de nuit, mon passeport et la grande enveloppe souple du billet d'avion, qui contenait divers documents, des vieux coupons de vol, des fragments de cartes d'embarquement, des reçus de taxis, un peu d'argent chinois et des billets de train, un coupon de bateau. Elle examina de près le coupon de bateau, qui avait été émis par la *Toremar, Toscana Regionale Marittima S.p.a.*, pour une traversée de Piombino à l'île d'Elbe, à la date d'aujourd'hui.

Marie avait retiré la serviette du lit et s'était allongée. Il n'y avait pas un bruit dans la chambre, pas un souffle d'air. Elle était allongée sur le dos sur le grand lit en fer, les yeux ouverts, immobile dans la pénombre. Elle avait chaud. Elle finit par ôter ses bottes, difficilement, elle dut se redresser et s'asseoir au bord du lit, et tirer fort, sur chaque botte, au risque de se luxer un muscle de l'épaule, pour les enlever et les jeter au loin dans la chambre. Elle se rallongea sur le lit, elle ne bougeait plus. Elle se blottit une main entre les cuisses. La chaleur enveloppait complètement son corps, elle entrouvrit sa chemise, défit les boutons un par un, elle se sentait transpirer légèrement, elle m'attendait, elle m'attendait dans la chambre.

Elle ne bougea pas lorsque j'ouvris la porte, étendue sur le lit, la chemise ouverte sur son ventre nu. Les volets de la porte-fenêtre étaient mi-clos, qui laissaient pénétrer une douce pénombre dans la pièce. Je rejoignis Marie sur le lit, et je l'embrassai, l'immobilité de sa douleur, le silence, les premières caresses, timides, prudentes, inachevées, et d'un seul coup urgentes, désordonnées, quelque chose de dingue dans ses yeux, un désir de plus en plus intense, sa façon de me caresser le sexe, de le pétrir avec la main, d'ouvrir mon pantalon et de le baisser sans ménagement, avec une certaine sauvagerie, de me branler n'importe comment, avec hargne, ténacité, les lèvres serrées, on eût dit pour me faire mal, puis de se recroqueviller sur moi et de me caresser le sexe avec la langue, non pas avec tendresse comme d'habitude, avec douceur, mais d'une façon désordonnée, brouillonne, comme bravant un dégoût, un interdit, et n'insistant même pas, me laissant assez vite en plan sur le lit, et se recouchant sur le dos pour que je la caresse à mon tour, descendant simplement son pantalon le long de ses cuisses, avec la même impatience brouillonne, avec la même absence de douceur, et je me rendis compte qu'elle ne portait rien en dessous, qu'elle n'avait pas de sous-vêtement, son sexe était nu devant moi, et elle me prit la main et m'entraîna sur elle. Je l'aimais et je savais que je ne pouvais rien pour elle, que c'était impossible de s'aimer maintenant, de prendre du plaisir et de le rechercher, elle savait aussi bien que moi que nous ne pouvions pas nous aimer maintenant, je m'étais allongé sur elle et je l'étreignais, j'embrassais son corps nu dans la pénombre, tendrement, doucement, je passais la main sur ses joues pour l'apaiser, je caressais son ventre et ses seins avec la langue, je ne sais pas si elle avait nagé aujourd'hui, mais sa peau avait un goût d'eau de mer, de légère transpiration et d'odeur de maquis, de chaleur et de sel, la peau de son ventre était douce, la peau de ses cuisses était chaude, lisse, brûlante, elle gémissait, je lui caressais le sexe avec la langue, l'intérieur de son sexe humide et étonnamment frais, qui avait une saveur d'iode, quelque chose de marin, je lui passais doucement la main sur les hanches, j'avais fermé les yeux et je continuais de lui caresser le sexe avec la langue, quand, dans je ne sais quel geste d'impatience ou d'exaspération, de désespoir ou d'accablement — ou dans la soudaine et définitive prise de conscience qu'il était impossible de continuer de s'aimer maintenant —, soulevant brutalement le bassin pour se dégager, elle me repoussa au loin d'un mouvement excédé et torsadé du corps en me donnant, de toutes ses forces et pour me rejeter, un coup de chatte dans la gueule.

Il n'y eut pas un mot, pas une explication, elle se tourna sur le côté et enfouit son visage dans l'oreiller. Je l'avais laissée seule, j'étais sorti de la pièce, je m'étais glissé entre les volets et j'avais été prendre l'air sur la terrasse, pieds nus, le pantalon défait, la chemise ouverte, je m'étais assis sur une chaise en plastique cassée, bancale, qui jouxtait une table de jardin blanche en bordure du petit potager. Nous ne disions rien, je ne l'entendais plus. Elle était seule dans sa douleur, et j'étais seul dans la mienne. Mon amour pour elle n'avait fait que croître tout au long de ce voyage, et, alors que je croyais que le deuil nous rapprocherait, nous unirait dans la douleur, je me rendais compte qu'il était en train de nous déchirer et de nous éloigner l'un de l'autre et que nos souffrances, au lieu de se neutraliser, s'aiguisaient mutuellement. Près de vingt minutes s'écoulèrent ainsi, où nous restâmes à distance sans bouger, sans parler, elle dans la chambre, et moi sur la terrasse, à ne rien faire, j'avais mis mes jambes au soleil et je les regardais (une horloge solaire, en quelque sorte). Au bout d'un moment, je vis les volets s'ouvrir et Marie apparaître derrière moi, calmée, métamorphosée, pieds nus et la chemise ouverte, le pantalon de cheval entrouvert remonté sur la taille, qui venait fumer une cigarette dans le jardin. Je relevai la tête et elle me sourit comme si de rien n'était. Elle s'assit par terre en tailleur sur une dalle, elle fumait en silence, pieds nus, elle se retourna pour jeter un coup d'œil attentif sur le potager, les tomates, les aubergines, le basilic en pleine terre, et me dit à voix basse en détachant doucement une feuille de basilic entre ses doigts que la dame de l'hôtel avait été très gentille avec elle (pas comme toi, me dit-elle, et elle appuya un doigt sur mon genou pour faire mine de me repousser en arrière). Tu étais où ? me dit-elle, qu'est-ce que tu as fait cet après-midi ? Rien, dis-je. Rien, je n'avais sans doute rien fait d'autre qu'elle, j'avais erré sans but dans les rues de Portoferraio.

Vers six heures, Marie voulut aller nager. Il n'y avait pas de plages agréables à Portoferraio, et Marie suggéra d'aller récupérer la vieille camionnette de son père, qui croupissait depuis quelque temps sur le parking d'un garage derrière le nouveau port (son père avait acheté une nouvelle voiture tout-terrain quelques mois avant sa mort, et avait laissé la vieille camionnette en dépôt dans un enclos plus ou moins surveillé qui jouxtait le garage). Il y avait encore du soleil quand nous quittâmes l'hôtel, un soleil plus léger et plus agréable qu'en début d'après-midi, et nous descendions la salita Cosimo de Medici avec la petite serviette blanche en nid d'abeilles de l'auberge sur l'épaule. Nous traversâmes Portoferraio qui commençait à s'animer, quelques magasins d'alimentation étaient ouverts près du port. Nous passâmes sous une clôture très lâche, effraction bien légère, pour aborder le parking, et nous avançâmes dans un terrain vague grisâtre et caillouteux, au fond duquel je reconnus la vieille camionnette bâchée à plateau découvert de son père garée devant les bâtiments vitrés d'un garage où étaient exposées des voitures d'occasion. Tu veux conduire ? demandai-je à Marie. Non, pas spécialement, me dit-elle, et elle me tendit les clés de la voiture. Je pris place au volant, m'enfonçai dans le vieux siège mou à ressorts, le volant était brûlant, le tableau de bord parsemé de brins de paille et de tickets de parking, une bouteille d'eau minérale à moitié pleine coincée entre le siège et le frein à main, et un bouquet d'herbes séchées reposait sur la boîte à gants, du fenouil, du genêt, quelques branches de romarin (un vrai herbier), que Marie, ou son père, avait dû cueillir quelques années plus tôt. Il régnait une odeur de maquis dans la voiture, de plastique chaud et d'écurie. Je mis le contact et démarrai (du premier coup), et nous nous éloignâmes sur le parking bosselé, grimpâmes sur le bas-côté pour contourner la petite barrière rouge et blanche qui le fermait théoriquement et laissâmes très vite Portoferraio derrière nous. Nous n'avions pas évoqué de destination précise, mais j'avais pris naturellement le chemin de la Rivercina.

Nous avions quitté la ville et suivions des routes en lacets ensoleillées — il n'y avait pas un souffle de vent, pas une vague. La nature était verte et bleue, le bleu du ciel et le vert de la végétation, le vert intense du maquis et le bleu de la mer immobile en contrebas, avec quelques silhouettes d'agaves en fleurs aux allures de hauts parasols

172

qui nous faisaient cortège sur le bord de la route. Marie ne disait rien, elle avait posé la petite serviette blanche en nid d'abeilles de l'hôtel sur ses genoux, et regardait la route devant elle. Tu veux que je te raconte une barzelletta ? lui demandai-je. Elle se tourna vers moi et me sourit, surprise, posa la main sur mon épaule et me caressa doucement le bras, apaisante, rassurée, comme si elle me retrouvait enfin après une longue absence, une éclipse, une passagère occultation de ma personnalité. Mais cela dura à peine un instant. Le soleil brilla soudain en face de moi au détour d'un virage et sa violente clarté orange vint m'aveugler à travers le pare-brise. Je plissai les yeux, et demandai à Marie de me prêter ses lunettes de soleil. Elle les ôta de ses yeux et les posa elle-même sur mon nez, dans un geste qui aurait pu être tendre, qui commença même comme un geste tendre, mais qui, comme tous les gestes tendres que nous avions esquissés aujourd'hui, se termina dans la débâcle et la confusion (car, comme mon visage ne lui avait pas offert immédiatement la plate-forme escomptée, agacée de ma passivité et exaspérée de ne pas y arriver, elle avait fini par m'enfoncer ses lunettes de travers sur le nez en me fichant presque une branche dans l'œil),

— comme si nous ne pouvions désormais plus nous approcher, et nous aimer, que dans le hérissement et la brusquerie.

La Rivercina se trouvait dans la région minière de Rio nell'Elba. J'avais déjà remarqué la présence de mines de fer abandonnées sur le bord de la route, mais jamais, comme aujourd'hui, je ne fus frappé par le caractère funèbre des paysages de désolation que les mines de fer désaffectées avaient laissés dans la nature, traînées de cicatrices rougeâtres au cœur du maquis, blessures ouvertes, longues plaies roses et poussiéreuses qui se consumaient au soleil et desquelles se dégageait comme une beauté lugubre. Je roulais lentement sur cette route en lacets en observant la colline écorchée qui descendait jusqu'à la mer, la végétation absente, où le minerai de fer affleurait à nu sur les versants. Un chemin de sable fantomatique descendait jusqu'à la plage où se dressaient des bâtiments de mine abandonnés, toits ouverts, vitres cassées, wagonnets au rebut entassés à la renverse parmi des cabanons de tôle ondulée, et, tout au long de la côte, une plage d'oxyde de fer, qui bordait une mer d'huile, mais noire, une mer d'huile noire. J'avais bifurqué un peu plus loin dans un chemin de terre et de cailloux, plutôt une piste qu'une route, et je roulais le plus lentement possible, mais nous étions quand même furieusement secoués dans la voiture, Marie tendait le bras devant elle pour prendre appui du bout des doigts sur la boîte à gants. Je traversai un pont abandonné, qui enjambait une rivière à sec dans son lit de cailloux, remontai la piste poussiéreuse sur une centaine de mètres et allai me garer sur un promontoire qui dominait la mer. De là partait un sentier abrupt qui descendait vers une crique que nous connaissions. Aucune autre voiture n'était garée là ce soir (parfois, en été, il y en avait jusqu'à quatre ou cinq, mais jamais beaucoup plus, l'endroit n'était pas très connu).

Marie me précédait dans le chemin, la petite serviette blanche en nid d'abeilles de l'hôtel sur l'épaule, qui descendait d'un bon pas parmi les genêts et les asphodèles. Au bas du sentier, perdues dans les ronces et les oliviers sauvages, se devinaient les ruines d'une chapelle abandonnée, le toit ouvert, que la végétation avait envahie. Nous contournâmes les murs délabrés de la chapelle, longeâmes les rochers de la côte sur quelques mètres et débouchâmes sur une minuscule plage

de galets sans autre végétation que quelques mas-
sifs de joncs et d'hélianthèmes à feuilles d'obione,
qui avaient poussé là en bordure d'une mare d'eau
infestée de moustiques qui croupissait au pied de
la paroi rocheuse. Marie s'assit dans les galets et
enleva ses bottes d'équitation, je dus l'aider car
elles collaient à ses jambes. Débarrassée de ses bottes, elle alla tout de suite mettre les pieds dans
l'eau, pendant que je m'asseyais sur la plage et que
j'enlevais ma chemise. Marie déambulait pieds nus
sur le rivage, marchait de long en large, elle voulut
relever les jambes de son pantalon pour ne pas les
mouiller, mais, perdant assez vite patience, elle
revint vers moi pour enlever carrément le pantalon,
et retourna marcher ainsi au bord de l'eau, jambes
et fesses nues, ne portant plus que sa chemise largement ouverte qui battait sur ses flancs.

La mer était limpide, et le soleil avait déjà beaucoup décliné dans le ciel, qui n'était plus à l'horizon qu'une ligne de braises rouge orangé sur le
point de s'éteindre dans l'humidité transparente
de l'eau. Marie revint vers moi, me prit la main
et me souleva sur la plage, et je l'enlaçai sans un
mot, attirant son corps contre le mien et la serrant
contre moi, l'apaisant dans l'étreinte. Je sentais

son corps chaud dans mes bras, immobile en face d'elle, je la regardais avec intensité — moi aussi, j'étais triste, moi aussi, je souffrais, est-ce qu'elle pouvait le comprendre, ça. Nous nous regardions dans les yeux, et nous commençâmes à nous balancer doucement, je la berçais lentement dans mes bras, l'entraînais avec moi sur les galets, sans un mot, nous ne formions qu'un seul corps, moitié nu, moitié habillé, dans le prolongement de mon torse nu se mouvaient les jambes nues de Marie, tandis que, de chaque côté de mon pantalon, battaient mollement les flancs de sa chemise. Nous dansions sur place très lentement, étroitement enlacés, et nous approchions du bord de l'eau, mes pieds trébuchant dans les galets, et les siens me suivant, glissant aussi, parfois, imperceptiblement, sur de petites pierres rondes et incisives, dansant et nous rapprochant de la mer, du sable gris concassé où les vagues venaient mourir, nous dansions en silence dans cette crique déserte au pied de la montagne.

Marie avait ôté sa chemise, et elle était partie nager. J'avais été me rasseoir dans les galets, et elle barbotait en face de moi dans l'eau, elle me regardait, elle me souriait, les mains appuyées sur le fond, presque immobile, les cheveux mouillés, aspirant quelques gouttes au fil de l'onde et les recrachant, les joues gonflées, en faisant des petites bulles. Viens, me dit-elle. Je lui souris, mais sans bouger. Viens, répéta-t-elle, puis elle s'éloigna sans insister, fit quelques brasses vers le large, elle passa au crawl, avec un beau mouvement, très lent, régulier, décomposé, des bras, qui montaient vers le ciel et plongeaient dans la mer avec comme un léger contretemps. Elle s'éloigna du bord et commença à longer le grand à-pic rocheux de la montagne, puis elle s'arrêta et fit la planche, nagea quelques mètres sur le dos, battait très lentement des jambes, la tête en arrière dans l'eau. Elle était à une dizaine de mètres du rivage, et elle me dit qu'elle allait nager jusqu'à la prochaine crique en contournant le flanc de la montagne. Rejoins-moi de l'autre côté, me cria-t-elle à distance, passe par le sentier et rejoins-moi là-bas avec mes affaires et la serviette — et, sans attendre de réponse, elle s'éloigna vers le large.

J'avais regardé Marie s'éloigner dans la mer, elle nageait lentement en contournant le grand à-pic rocheux de la montagne et disparut bientôt de ma vue. J'étais resté encore quelques instants assis à regarder la mer, puis j'avais réuni ses affaires dans mes bras, sa chemise et ses bottes d'équitation, souples et comme flasques hors de ses jambes, et, posant encore la petite serviette de bain au sommet du balluchon, je m'étais engagé dans le sentier pour aller la rejoindre. Je remontais péniblement le sentier, torse nu, les effets de Marie entre mes bras, je pressais le pas dans le chemin et je me mis à transpirer en gravissant la côte, des particules de poussière et des essences de maquis se collaient à la peau luisante de transpiration de ma poitrine, je fus en nage à mi-pente alors que le soleil avait pratiquement disparu derrière la montagne. Je progressais dans le maquis à grand pas, dérapant sur les cailloux, mes chaussures se tordant dans la poussière, je m'écorchais les bras aux épines des ronces, aux piquants des genêts, que recouvrait une très belle lumière dorée immobile, à peine troublée par d'infimes déplacements d'insectes. Arrivé en haut de la pente, je passai sans m'arrêter devant la vieille camionnette et traversai rapidement le promontoire, m'arrêtai au bord de l'immense paroi rocheuse. Je me penchai au-dessus du vide pour essayer d'apercevoir Marie dans la mer en contrebas, mais il n'y avait pas trace humaine dans la mer, l'eau était silencieuse,

179

noire et immobile, à l'ombre massive du versant escarpé.

Je m'étais engagé dans le sentier broussailleux qui descendait de l'autre côté vers la mer pour rejoindre la crique où je devais retrouver Marie. Je me hâtais toujours, pour arriver avant elle et pour calmer mon inquiétude croissante, le début de panique qui m'avait envahi et me faisait battre le cœur, me dépêchant dans le sentier pour être de nouveau avec elle et me rassurer, me rassurer définitivement et ne plus penser, ne voulant plus penser, refusant de penser, chassant de mon esprit cette idée qui ne m'était apparue qu'après son départ, à laquelle je n'avais pas pensé un instant pendant qu'elle se baignait, ni avant, quand elle m'avait proposé à Portoferraio d'aller nager, ni plus tard, ni à aucun moment, je n'avais tout simplement pas fait le rapprochement, que son père était mort noyé, que son malaise cardiaque avait eu lieu dans la mer, et peut-être ici même, dans cette même crique, il n'y a pas trois jours, probablement dans une crique des environs de la Rivercina, et peut-être celle-là même où Marie se baignait maintenant, puisque c'était *nos* criques, puisque c'était ces criques que nous fréquentions quand nous allions à la Rivercina, je n'avais pas fait l'évident et terrifiant rapprochement, et je le fis d'un coup, dans le sentier, en courant dans le sentier, maintenant que la lumière déclinait, que le soleil était couché et qu'il commençait à faire nuit, que le chemin était sombre et le maquis dans l'ombre, très dense, épineux, les rameaux des bruyères agités d'un frisson de brise que je devinais dans l'obscurité bleutée qui nimbait les fourrés. Je courais, torse nu dans le chemin, avec les affaires de Marie dans les bras, son pantalon d'équitation, son soutien-gorge et sa chemise blanche que je serrais contre ma poitrine, les bottes plaquées n'importe comment par-dessus, glissant dans des tronçons de descente plus raide et caillouteuse, où de petits éboulis de gravillons survenaient sous les semelles glissantes de mes chaussures qui ne me retenaient pas à la terre, ne me freinaient pas, ne trouvant pas d'appui, de point d'accroche, me tordant les chevilles, tombant même, une fois, sur le genou, le coude heurtant le sol et lâchant les affaires de Marie qui se dispersèrent dans le chemin, m'arrêtant pour les réunir, accroupi, le coude meurtri, ramassant son pantalon couvert de terre et de poussière, sa chemise accrochée aux feuilles visqueuses et collantes

181

des cistes, soulevant ses bottes et repartant dans le sentier, abandonnant la serviette de bain derrière moi écorchée aux piquants d'un arbuste, poursuivant ma route en boitant, m'étant fait mal dans la chute, et arrivant, traînant la jambe, dans la minuscule crique déserte.

Je courus vers la mer, je longeai la côte déchiquetée le plus loin possible, me hissant de rocher en rocher, pour guetter l'horizon. Je me tenais là, en vigie, devant la mer, les chaussures détrempées, qui prenaient l'eau sur les gros rochers glissants, mais je ne voyais pas Marie à l'horizon, et je compris alors ce que c'était que d'être abandonné, je compris le ressentiment de Marie à mon égard quand j'avais disparu cet après-midi, que je l'avais laissée plusieurs heures sans nouvelles, je compris son désarroi et son impuissance, son inquiétude immense, sans prises et sans recours. Je regardais la mer devant moi dans l'obscurité, les vagues qui se brisaient contre les rochers, je guettais l'arrivée de Marie, et je pensais qu'elle était peut-être sur le point d'arriver et que j'allais la voir apparaître d'un instant à l'autre derrière le cap rocheux qui se dessinait dans l'ombre. La nuit était tombée. Je ne pouvais plus attendre, je devais faire quelque

chose, j'ôtai mes chaussures et je partis à sa rencontre dans la mer. Je m'enfonçai dans l'eau
jusqu'à mi-cuisse, marchant tant que j'avais pied,
de l'eau jusqu'au ventre, et alors je m'élançai, je
plongeai devant moi. Je nageais dans l'eau noire,
lourde, ample, sombre, je venais de quitter la crique et je longeais encore la côte, je nageais dans
l'ombre immobile de l'immense paroi rocheuse,
je m'éloignais de la crique dans le silence de la
nuit et mon inquiétude croissait à mesure que je
perdais la côte de vue pour m'enfoncer dans
l'immensité de la mer. Je pressentais sous moi de
hauts fonds marins et des profondeurs abyssales,
la couleur de l'eau allait du bleu au mauve, avec
des zones huileuses, noires et denses, impénétra-
bles. J'ouvris les yeux sous l'eau, et j'aperçus un
monde flou de ténèbres, de dénivelés et de gouf-
fres, qui était comme le reflet en creux du relief
accidenté de la montagne.

La mer devint plus vaste, plus lourde à mesure
que je gagnais le large, je me sentais porté, emporté
par la houle qui me soulevait, immense et ondulante, il y avait de petits remous de surface, des
frémissements de vagues, des lames en formation
qui se fendillaient en laissant échapper quelques

filets d'écume. Je n'avais pas dû nager beaucoup plus de cinquante mètres, cent mètres au maximum, quand j'aperçus un petit rocher émergé au loin, autour duquel l'écume paraissait bouillonner, un petit rocher en mouvement, ou plutôt la tête d'un nageur, la tête de Marie qui apparaissait dans l'obscurité à cent cinquante mètres de là. Je levai le bras et lui fis de grands signes dans la nuit, j'appelai et je nageai plus vite, je m'approchai encore, j'étais persuadé à présent qu'il s'agissait bien de la tête d'un nageur, et non d'une épave, d'un bois mort ou d'une bouée. Mais Marie ignorait que j'étais parti à sa rencontre, elle ne me voyait pas et continuait de nager à son rythme, la tête enfoncée dans l'eau, qu'elle ne ressortait qu'occasionnellement pour respirer. Je nageais toujours vers elle, je l'avais reconnue à présent, je ne voyais pas encore ses traits, mais je reconnaissais sa silhouette et sa manière de nager. Je m'étais arrêté dans l'eau et je lui faisais signe, je l'appelais dans la nuit quand enfin elle m'aperçut. Nous nagions les derniers mètres pour nous rejoindre, à bout de forces l'un et l'autre, je distinguais ses traits dans l'obscurité à présent, qui apparaissaient et disparaissaient dans l'eau ondulante, sa figure méconnaissable, froide, dure, exténuée, ses joues

184

livides, une expression de hargne sur son visage, de ténacité et de détresse, d'épuisement, un regard de naufragée. Et, elle qui n'avait pas pleuré jusqu'à présent, elle qui ne s'était jamais départie de cette attitude de froideur, de force et de distance, de cette douleur contenue, glaciale, butée et comme foncièrement exaspérée depuis qu'elle avait appris la nouvelle de la mort de son père, elle qui n'avait pas pleuré pendant l'enterrement ni quand nous nous étions retrouvés, elle attendit le dernier mètre, elle attendit d'arriver à ma hauteur et de poser la main sur mon épaule pour fondre en larmes, m'embrassant et me frappant tout à la fois, se serrant dans mes bras et m'insultant dans la nuit, secouée de sanglots que la mer digérait immédiatement en les brassant à sa propre eau salée dans des bouillonnements d'écume qui clapotaient autour de nous, Marie, sans force à présent, immobile dans mes bras, qui ne bougeait plus, qui ne nageait plus, qui flottait simplement, dans mes bras, et moi lui caressant le visage, son corps froid mouillé contre le mien, ses jambes enroulées autour de ma taille, Marie pleurant doucement dans mes bras, j'essuyais ses larmes avec la main en l'embrassant, lui passant la main sur les cheveux et sur les joues, essuyant ses larmes avec la langue et l'embrassant, elle se laissait faire, je l'embrassais, je recueillais ses larmes avec les lèvres, je sentais l'eau salée sur ma langue, j'avais de l'eau de mer dans les yeux, et Marie pleurait dans mes bras, dans mes baisers, elle pleurait dans la mer.

CET OUVRAGE A ÉTÉ ACHEVÉ D'IMPRIMER LE
SEPT NOVEMBRE DEUX MILLE CINQ DANS LES
ATELIERS DE NORMANDIE ROTO IMPRESSION S.A.S.
À LONRAI (61250) (FRANCE)
N° D'ÉDITEUR : 4214
N° D'IMPRIMEUR : 052962

Dépôt légal : novembre 2005